Выдавецтва
Skaryna Press,
London
2024

ISBN: 978-1-915601-33-9

Першае выданне гэтай кнігі было створанае дзякуючы падтрымцы Еўрапейскага Саюза ў рамках праекта EU4Culture.

The initial production of this book was supported by the European Union as part of the EU4Culture project.

Аўтарка **Ганна Камар**
Дызайнерка **odren alina**
Рэдактар і карэктар **Васіль Несцяровіч**

Copyright © Hanna Komar, 2024
Copyright © odren alina, book design, 2024

У гэтай кнізе вы, верагодна, пазнаеце сябе, нават калі вы не расказвалі мне сваю гісторыю.

Кніга складаецца з дзённікавых запісаў, якія я рабіла падчас дзевяці сутак зняволення ў Беларусі ў 2020-м годзе, а таксама інтэрв'ю з тымі, хто ў той самы час, што і я, перажылі міліцэйскі гвалт, арышт, зняволенне. Ёсць тут і галасы нашых блізкіх, якія падтрымлівалі нас падчас зняволення і рабілі для нас, што маглі, па той бок турэмных муроў.

Я магу ўявіць, што першая рэакцыя — адмахнуцца ад тых успамінаў, такіх балючых. Не вярэдзіць раны. Але ў гэтай кнізе не ўсё такое цёмнае, наадварот, у ёй шмат падтрымкі і салідарнасці, у ёй цеплыня, у ёй гумар. Гэта кніга — напамін пра найлепшых нас, такіх смелых і аб'яднаных высокімі ідэямі.

Мы такімі былі — і мы такімі застаёмся.

Ганна Комар

Калі я выйду на волю

ЗМЕСТ

пралог — 11

аўторак, 8 верасня — 27

серада, 9 верасня — 120

чацвер, 10 верасня — 158

пятніца, 11 верасня — 176

субота, 12 верасня — 192

нядзеля, 13 верасня — 204

панядзелак, 14 верасня — 216

аўторак, 15 верасня — 230

серада, 16 верасня — 244

чацвер, 17 верасня — 254

эпілог — 273

пралог

Сярэдзіна траўня 2020-га. У краіне нечакана з'яўляецца некалькі кандыдатаў на пост прэзідэнта. Па сеціве гуляюць жарты:

«Природа настолько очистилась, что в Беларусь возвращается 2010-й»;

«Трамп заявил, что пока не знает, будет ли участвовать в выборах в Беларуси. Слишком много соперников»;

«Беларусь пока находится на пике регистрации кандидатов в президенты. В конце июля ожидается выход на плато. А после 9 августа резкое снижение действующих кандидатов на воле».

«Хто ўсе гэтыя людзі? – пішу паведамленне сяброўцы. – Я не ведаю, каму давяраць». «Ну мы дакладна ведаем, каму не давяраць», – адказвае яна.

пралог

Я сутки назад вышла из Жодино. Тем, кто спрашивал, что передавать заключенным, – ловите)

Что можно передать заключенным или must have на 15 суток

Авторы – девушки, бывшие в заключении на Окрестина и в Жодино, которых задержали 01.09.2020 по политическим причинам:

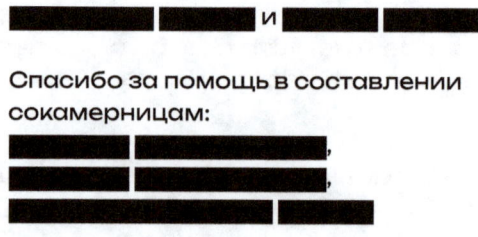

Спасибо за помощь в составлении сокамерницам:

31-га траўня я напісала ў сваім Інстаграме: «Калі цябе хоць аднойчы наведвала думка зваліць адсюль, значыць, усё гэта цябе тычыцца».

Камароўка. Кіламетровая чарга людзей, якія хочуць паставіць подпіс за вылучэнне альтэрнатыўных кандыдатаў у прэзідэнты. Паветра насычана надзеяй і ўздымам, незнаёмымі мне дагэтуль. Не толькі мы з маімі сябрамі і сяброўкамі ў актывісцкіх колах хочам перамен.

1. Одежда и т. п.

нижнее белье – 2 шт. минимум

носки ВЫСОКИЕ (2 пары хлопковых,
1 пара теплых)

майка, которую можно заправить в штаны (тонкая, чтобы не слишком долго сохла после стирки, т. к. в стрессе потеешь, а также на Окрестина матрасы очень неприятно пахнут и противно кожей до них дотрагиваться), – 1 шт. с длинным рукавом, 1 шт. с коротким рукавом)

удобные штаны (имейте в виду, что
шнурки отрежут)

теплая байка или кофта С КАПЮШОНОМ (капюшон желателен, т. к. на Окрестина подушки воняют и могут быть вши), в которой будет удобно и не слишком жарко спать

шлепанцы (очень нужны в душе и не только, т. к. из обуви заключенного достают шнурки и тогда становится очень неудобно ходить по лестницам и в туалет)

девушкам бюстгальтер БЕЗ косточек (при досмотре лифчики с косточками изымают, а потом на утреннем обходе руки должны быть за спиной в присутствии лиц мужского пола)

пралог

18 чэрвеня – я дома. Працую, займаюся дробнымі справамі. Пад вечар адкрываю навіны і бачу, што людзі ўтварылі даўгі жывы ланцуг ад ЦУМа да Цырка. Штосьці ўнутры не дае мне доўга разважаць, я апранаюся, кладу некалькі дадатковых рэчаў у заплечнік і бягу на праспект Незалежнасці. Мой першы ў жыцці ланцуг салідарнасці.

2. Предметы гигиены и т. п.

зубная щетка
зубная паста
универсальное мыло (лучше жидкое
с дозатором (если разрешат), чтобы подходило
для тела и мытья посуды)
дезодорант / антиперспирант
универсальный крем (после того как помоешь
пол или туалет с хлоркой – руки очень сухие)

расческа пластиковая / деревянная
резинка для волос
туалетная бумага
антибактериальные влажные салфетки

полотенце

прокладки / тампоны
шампунь
пилочка для ногтей (на картонной основе
с круглыми краями)
бальзам для волос
ватные диски + мицеллярная вода
умывалка для лица
ватные палочки

На наступны дзень я прыходжу ў суд Першамайскага раёна падтрымаць незнаёмых мне людзей, якім выставілі палітычна матываваныя абвінавачванні.
Так я на некалькі месяцаў раблюся незалежнай назіральніцай у судах. Мы дапамагаем дакументаваць парушэнні і збіраем інфармацыю аб прысудах.

3. Другие полезные вещи

письмо с теплыми словами (можно прямо в книге написать, чтобы уменьшить вероятность конфискации)
дешевые наручные часы (мы никогда не знали, который час)

конверты с марками (лучше всего красные конверты экспресс-почты)
листы бумаги / блокнот / тетрадь
2 ручки / карандаш
пара бумажно-пластиковых стаканчиков (т. к. горячий чай наливают в металлические кружки без ручки – слишком горячо держать в руках)

что угодно, что можно использовать в качестве освежителя воздуха (например, автомобильные освежители воздуха и т. п.)
бальзам «Звездочка» / что-то другое, чтобы не чувствовать запаха туалета
маска для сна (зачастую ночной свет очень яркий)
беруши (по ночам мешает спать лай собак)

плед (на Окрестина одеяла имеют очень неприятный запах)
книги в мягком переплете (книги политического характера изымают, так что выбирайте литературу с умом. Например, мне не разрешили книгу «1984» Дж. Оруэлла)
настольные игры (уно, карты, мафия, шарады и т. д.)

губка для мытья посуды
щетка, чтобы помыть раковину / туалет
жидкий порошок
несколько дополнительных пакетов (мусор / сумка)

кто курит – сигареты

З 4 па 8 жніўня я сяджу ў калідоры пад кабінетам для датэрміновага галасавання на ўчастку па вуліцы ▓▓▓▓▓▓▓▓ і спрабую лічыць, колькі людзей галасуе датэрмінова. Хлопец з іншага ўчастка, які забег да нас па нейкі дакумент, сказаў: «Жанчыны гэтым летам зменяць краіну назаўсёды».

4. ЕДА

всё крупное – порезать,
всё в упаковке – выложить
в целлофановые пакеты

орешки
сухофрукты (без косточек)

сухарики
чипсы
хлебцы
хлеб / батон нарезанный
(только в самую первую
передачу – максимум
половинку, а потом не нужно)
колбаса
сало

печенье
вафли
шоколад
конфеты (жевательные,
шоколадные и др.)
желатинки
шоколадные батончики
(сникерс и т. д.)

иногда пропускают яблоки,
груши

пралог

Калі стаяць спінаю да Музея Вялікай Айчыннай ноччу
9 жніўня, можна ўбачыць, як я іду ўздоўж ракі ад моста
праз Нямігу. Толькі што я бачыла, як некалькі дзясяткаў
мужчын у форме, закутых у браню, абароненых шчытамі,
напалі на некалькі соцень мірных пратэстоўцаў –
паліваючы іх з вадамётаў, збіваючы дручкамі.
Мае сябры і сяброўкі ўцякаюць ад святлошумавых
гранат і газу ў іншай частцы Мінска.

Паблізу майго дома ў рад стаяць
амапаўцы. Стаяць спакойна, роўна
і холадна, як загады, якія яны выконваюць.

ВОДА

– в запечатанных бутылках
(нужна только на Окрестина,
а в Жодино вода хорошая)

11 жніўня – дзень прыгожы, як нашыя надзеі на лепшае,
але мы ўжо ведаем пра тысячы затрыманых, пяцьдзясят
чалавек у чатырохмесцавай камеры, з адной бутэлькай
для вады на ўсіх, без ежы. Жанчыны слухаюць, як за
сцяной збіваюць, катуюць, гвалцяць дручкамі мужчын.
Палова на шостую вечара, мы з ▓▓▓▓▓ аўтобусам
вяртаемся дадому. "Выходзь на наступным прыпынку",
– кажа ён мне, таму што ў маёй торбе – улёткі пра
забастоўку. Калі амапаўцы іх знойдуць, я магу стаць
пяцьдзясят першай у камеры, і ёсць верагоднасць, што
спачатку мяне згвалцяць проста ў аўтазаку. Я еду далей,
а ▓▓▓▓▓ выходзіць на прыпынку пад Стэлай, і мы не
можам знайсці яго да 13 жніўня – калі ён тэлефануе са
шпіталя. Упершыню з 9 жніўня магу плакаць.

17

ВНИМАНИЕ!
Самые необходимые вещи передавайте в нескольких экземплярах, чтобы ваши близкие могли поделиться ими с теми, кому не успели передать передачи, например:

нижнее белье
высокие носки
зубная щетка
туалетная бумага
мыло

12 жніўня я прачынаюся вельмі хворая – хвароба накрыла нечакана, літаральна за ноч. «На гэтым мая рэвалюцыя і скончыласа», – думаю я.
Яшчэ 10 жніўня зразумела, што я не баец: не ўмею біцца і нават бегаю дрэнна.

Па ўсіх каналах: каля Камароўкі жанчыны ў белым адзенні патрабуюць спыніць гвалт. У мяне няма белага адзення на гэты халодны, амаль восеньскі дзень. Але я лячу да жанчын, каб паспець. Без сцягоў. Без кветак. У мяне ёсць пытанні да белага адзення і вобраза фемінаснасці. Я нават не ўпэўненая, што цалкам падтрымліваю мірны пратэст. Мне не патрэбныя кветкі, імі я нічога не хачу сказаць, акрамя:

«Я з вамі, сёстры.»

Вось я стаю сярод жанчын, кручу галавою ўправа і ўлева, каб усвядоміць, дзе я, каб разгледзець тых, хто побач, і не веру сваім вачам, але веру адчуванням. Столькі прыгажосці выпраменьваецца ад гэтых жанчын – я такога ніколі ў жыцці не бачыла і не адчувала.
Можа быць, прыгожымі для мяне іх робіць рашучасць, з якой яны гатовыя адстойваць свае каштоўнасці, супраціўляцца гвалту.

Доклад с полей.
Жодино 8.09

За день судьи из районов Минской области рассмотрели все дела (около 200). Кому-то предупреждения (девушки), кому-то штрафы (от 3 до 10 базовых), кому-то пересмотр дела с повестками в районные суды области, но кому-то и сутки (в основном до 10 включительно).

В Жодино также перевезли отбывать сутки людей из ИВС Окрестина.

Никого не бьют. Все ребята и девчата в порядке. Сотрудникам Жодинского ИВС, кстати, вот хочу сказать спасибо. Максимально помогали с инфой и шли на уступки.

И людям большое спасибо, которые помогали с транспортом, приносили горячие напитки и печеньки. За общую атмосферу поддержки и солидарности.

Все списки есть в канале: https://t.me/spiski_okrestina (последние с количеством суток и датами освобождения).

Из лирики.
Ощутила, что пришла осень 🍂
И уже 12 часов на улице – местами такое себе удовольствие.

И вставать в 6 утра по-прежнему очень не нравится)

пралог

1 верасня, убачыўшы натоўп у чорнай форме, што насоўваецца на нас каля Чырвонага касцёла, мы не разбягаемся, а замыкаемся ў кола, шчыльна, як пялёсткі ружы, схаваўшы ў сярэдзіне бутона хлопцаў. Мы спяваем, спяваем і спяваем, пакуль крумкачы не адлятаюць.

📦 ГРАФИК ПРИЕМА ПЕРЕДАЧ

📍 Центр изоляции правонарушителей (ЦИП)
Минск, 1-й переулок Окрестина, 36
📞 (017) 372-73-80
Прием передач в ЦИП: ежедневно с 10:30 до 12:30

📍 Изолятор временного содержания (ИВС)
Минск, 1-й переулок Окрестина, 36а
📞 +375 17 2394731, +375 17 3727411
Прием передач на ИВС: ежедневно с 14.00 до 16.00

На вялікім жаночым маршы 5 верасня мяне цягне трымацца збоку калоны, бліжэй да праезджай часткі – там, дзе сталыя жанчыны размаўляюць з сілавікамі, якія нас «праводзяць». І вось ужо я сама стаю насупраць аднаго такога пад Філармоніяй і крычу яму: «Вы нас предали! Как вы могли? Вы должны нас защищать!» Крычу: «Не бежим, стоим!» – іншым дзяўчатам, што рванулі ўрассыпную, убачыўшы бусік, які гнаў да нас.

📦 ГРАФИК ПРИЕМА ПЕРЕДАЧ

📍 ИВС на участке Жодинского ГОВД
Жодино, улица Советская, 21 (Жодинский территориальный центр социального обслуживания населения)

Прием передач по средам с 9:00 до 16:00
(обед с 13:00 до 14:00)

Увечары 8 верасня ў Мінску каля Камароўскага рынку, а таксама на пр. Машэрава адбыліся затрыманні ўдзельнікаў акцыі ў падтрымку Марыі Калеснікавай.
Публікуем спіс затрыманых:

1. ▇▇▇ Вячаслаў
2. ▇▇▇ Алена
3. ▇▇▇ Маўлюда
4. ▇▇▇ Паліна
5. ▇▇▇ Святлана
6. ▇▇▇ Алена
7. ▇▇▇ Таццяна
8. ▇▇▇ Уладзімір
9. ▇▇▇ Юлія
10. ▇▇▇ Вікторыя
11. ▇▇▇ Фёдар
12. ▇▇▇ Сяргей
13. ▇▇▇ Аляксей
14. ▇▇▇ Кірыл
15. ▇▇▇ Кацярына
16. ▇▇▇ Іван
17. ▇▇▇ Дзмітрый
18. ▇▇▇ Павел
19. ▇▇▇
20. ▇▇▇ Філіп
21. ▇▇▇ Ілля
22. ▇▇▇ Дар'я
23. ▇▇▇ Валянцін
24. ▇▇▇ Максім
25. ▇▇▇ Мікіта
26. ▇▇▇
27. ▇▇▇ Ганна
28. ▇▇▇ Дзмітрый
29. ▇▇▇ А.
30. ▇▇▇ Эліна
31. ▇▇▇ Юрый
32. ▇▇▇ Дзмітрый
33. ▇▇▇ Аляксандр
34. ▇▇▇ Фаіна

35. ███████ Ганна
36. ███████ Сяргей
37. ███████ Кацярына
38. ███████ Наталля
39. ███████ Алег
40. ███████ Аляксей
41. ███████ Аліна
42. ███████ Анастасія
43. ███████ Ксенія
44. ███████ Паліна
45. ███████ Уладзь
46. ███████ Антон
47. ███████ Яўген
48. ███████ Аляксей
49. ███████ В.
50. ███████ Галіна
51. ███████ Ю.
52. ███████ Аксана
53. ███████ Дзмітрый
54. ███████ Аляксей
55. ███████ Ілля
56. ███████ Сяржук
57. ███████ Кірыл
58. ███████ Аляксандр
59. ███████ Яўген
60. ███████ Віталь
61. ███████ Інга
62. ███████ Ігар
63. ███████ Павел
64. ███████ Ілля
65. ███████ Алена
66. ███████ Наталля
67. ███████ Наталля
68. ███████ Мікіта
69. ███████ Іван
70. ███████ Анастасія
71. ███████ Іван
72. ███████ Вадзім
73. ███████ Іван
74. ███████ Дзяніс
75. ███████ Наталля
76. ███████ Аляксандр
77. ███████ А.
78. ███████ Аляксандра
79. ███████ Віталь
80. ███████ Уладзімір
81. ███████ О.
82. ███████ Андрэй
83. ███████ Анатоль
84. ███████ Андрэй
85. ███████ Іван
86. ███████ Міхаіл
87. ███████ Кірыл
88. ███████ Яўген
89. ███████ Мікіта
90. ███████ Н.
91. ███████ Яна
92. ███████ Алена ███████
, ███████ год нараджэння
93. ███████ Кацярына
94. ███████ Мікалай
95. ███████ Алег
96. ███████ І.
97. ███████ Дзмітрый
98. ███████ Радзівон
99. ███████ Андрэй
100. ███████ Яўген
101. ███████ Антон
102. ███████ Сцяпан
103. ███████ Міхаіл
104. ███████ Дзмітрый
105. ███████ Алег
106. ███████ Паліна
107. ███████ Генрыета
108. ███████ А.

– Што дапамагло табе перажыць зняволенне?
– Я знала точно, что это закончится.
Ну и девочки, конечно…

пралог

шестого сентября у нас зашла дискуссия по поводу марии колесниковой и у нас было пару человек таких сторонников теории заговора что это там российские ставленники вот ее же не трогают ну и я доказывала что она наша просто вот пока ее решили не брать и скорее всего ее арестуют. и когда на следующий день я проснулась и первое что я прочитала что марию колесникову задержали я подумала что надо быть осторожнее со своими разговорами. это был шок потому что на тот момент мария колесникова была для нас вот чем-то очень близким потому что она появлялась в разных точках протеста она была там недолго но вот она как-то всё время была рядом и казалось что седьмого сентября должны выйти все чтобы ее поддержать но седьмого сентября был какой-то обычный день мы конечно расстроились   и когда на следующий день объявили что вот марш в поддержку марии колесниковой мы прям такие счастливые туда шли...

аўторак

8 верасня

Спачатку была анансавана акцыя пад Мастацкім музеем: жанчыны, узброеныя чырвонай памадай, збіраліся вязаць бел-чырвона-белыя шалікі на прыступках. Я падумала: там нас дакладна павяжуць. Пасля месцам збору абвясцілі Камароўку, планаваўся жаночы марш.

Спытайце мяне, навошта я пайшла пад Камароўку, – я не змагу адказаць. Не таму, што не памятаю, а таму, што не ведаю. Не фармулявала для сябе ўцямнага тлумачэння. У гэтым не было патрэбы: я рабіла тое, што было правільна па адчуваннях.

Я не памятаю, як збіралася ў той вечар. Ці разглядала варыянт не ісці. Чаму апранулася, як апранулася. Ці абняла ███████, перад тым як выйсці з кватэры. Памятаю толькі, што была вельмі стомленая і збіралася ненадоўга. Да таго ж мяне чакалі ў трох розных месцах адначасова.

акцыю 8 верасня я ўвогуле ўспрымаў больш шырока чым выключна жаночую таму што гэта была акцыя салідарнасці з марыяй калеснікавай і там дарэчы мужчын было больш чым звычайна на жаночых акцыях адназначна таму што ўсіх уразіў ейны ўчынак з гэтым парваным пашпартам і такая стойкасць вось і таму як бы я не глядзеў на гэта выключна як жаночую акцыю. але агулам канечне там было шмат жанчын ну зрэшты на гэтых пратэстах заўсёды шмат дзяўчат жанчын таму я б не сказаў што я адчуваў нешта такое надзвычайнае…

На амаль пустой яшчэ плошчы перад Камароўкай жорстка затрымлівалі людзей – маладых і сталых жанчын, бабуль. Я стаяла на прыступках крытага рынку і думала, што трэба купіць прадукты для ▓▓▓▓▓ і аднесці іх, бо яна не можа выйсці з дому, але замест гэтага я рванула да жанчын. Знаёмы, якога сустрэла, прасіў застацца, я адказала, што мушу ісці.

«Там кто-то из твоих?» – «Там усе мае».

лично у меня не было сомнений выходить или не выходить мария всегда была символом нашего протеста смелая честная бескомпромиссная к тому что происходит она вдохновляла и соответственно я не могла не пойти на этот протест хотя уже было страшно потому что прошел тот период затишья когда можно было в сотнетысячной толпе просто спокойно ходить по городу ничего не боясь...

Эмацыйная памяць – слайдшоу: мы адцягваем жанчыну, якую схапілі мужчыны ў зялёнай форме; я падбіраю з зямлі маленькі, але цяжкі букецік і кідаю ў спіну амапаўцу, які кагосьці валтузіць, трапляю, ён імгненна разварочваецца з шалёнымі вачыма, але не знаходзіць мяне; разам з іншымі жанчынамі я крычу на намесніка старшыні ▬▬▬▬▬▬▬▬ ▬▬▬▬▬▬, што прыехаў весці з намі «дыялог». «Почему по моему ребенку следственный комитет не начал еще следствие?!» – «Верните наших детей!» – «Мария! Мария!»

аўторак, 8 верасня

в те дни было очень много акций
была небольшая акция возле
освода там этих несчастных
парней которые спасли протес-
тующих и отвезли на другой
берег их забрали и несколько
человек собрались повесить
плакаты возле освода и я там
заметила одну женщину
и буквально через полчаса
мы встретились на комаровке
я вышла с комаровки с какими-то
продуктами сильно пахнущими
с пакетами и вижу как эту
женщину в белых брюках вверх
ногами тянут в машину и она
кричит помогите. и вот они ее
утащили я с этими пакетами
стала с краю в сцепку какую-
то но они на тот момент уже
несколько человек утащили
и больше никого не выдергивали…

Нарэшце я заўважаю, што
нас шмат. Можа быць,
зараз трэба пайсці да
▓▓▓▓▓? Альбо паехаць на
вакзал праводзіць ▓▓▓▓.
Унутраны голас падказвае,
хоча мяне абараніць,
але я ўліваюся ў плынь
і заглушаю яго.

аўторак, 8 верасня

мы видели как
приезжали
автозаки они
всё время
кружили еще
даже где
силуэт их было
очень много
но они нас не
трогали…

мы перешли дорогу около комаровки потому что уже начали ездить машины и и было понятно что по переходу подземному нельзя идти и уже тогда немножко так было видно что начинается какое-то напряжение и часть людей к тому моменту когда мы стали идти по куйбышева они начали покидать…

«Вось зараз, тут, я магу павярнуць і пайсці да ▬, я абяцала ёй», – мой апошні шанец.

Але бракуе сілы волі пакінуць натоўп… Гэтае п'янкое пачуццё еднасці і перамогі над страхам…

31

мне кажется что тогда был момент оттепели   и   ну казалось что это ситуация не очень такая опасная   казалось что   может пронести но при том что было ощущение что вот как бы   может что-то случится но вполне на тот момент могло и пронести тоже...

Па дарозе я сустракаю знаёмых і абсалютна не сачу за тым, што адбываецца вакол. Як, ну як можна забыцца на небяспеку, калі яшчэ паўгадзіны таму адбівала людзей? Гэтыя «прагулкі» былі для нас месцам сілы, таму не хацелася думаць пра дрэннае.

мы изначально планировали идти на володарку где по чьей-то информации находилась мария колесникова но когда мы дошли до перекрестка куйбышева с машерова там кто-то начал говорить что дальше по куйбышева стоят уже бусики и ждут нас поэтому все кто перешел дорогу они свернули и пошли вдоль стены по машерова...

мы шли уже по куйбышева и шли в сторону немиги и тут внезапно кто-то истошно закричал что мы идем в ловушку что надо идти в сторону проспекта и мы снова все развернулись и пошли на машерова. ну по сути наверное в тот день ловушки были везде...

яшчэ не дайшоўшы да гэтага машэрава мы зразумелі што сярод нас правакатары. нас вялі некуды не туды куды мы збіраліся ісці мы неяк паварочвалі дзіўна і ў прынцыпе калі мы апынуліся ўжо ў гэтай пастцы ну прынамсі я не здзівілася...

почему нужно туда идти если там забор я вот до сих пор не понимаю как мне прыгать через забор как убегать?

потом получается когда мы уже перешли на машерова где этот перекресток мы шли дальше и вот именно в этот момент автозаки начали подъезжать я уже не помню с какой стороны и мы решили всё равно идти дальше...

я помню что как мы в колонне с тобой увиделись возле корпуса как раз проходили и мы увиделись обрадовались поздоровались но потом как-то опять потерялись...

я не была так сильно сосредоточена на обстановке во вне чтобы если что там убегать к примеру я была в своих каких-то разговорах приятных когда они материализовались...

Злева дарога і аўтазакі. Справа елкі.

Я вырашаю, што елкі змогуць нас абараніць, пачынаю адступаць за іх – да сцяны – і цягну кагосьці яшчэ за сабой, можа быць, гэта была ▓▓▓▓▓▓.

не знаю почему такое решение пришло в голову но все решили держаться вместе и стать около стены...

мы как раз к горизонту прошли мы шли прямо а машина проехала вперед и они оттуда и они просто нас просто так в кольцо и закрыли и всё и они так чух-чух побежали. вначале закрыли а потом начали приезжать и приезжать всё больше и больше их всё страшнее и страшнее...

я помню что я до последнего надеялась что ну они проедут потому что до этого всегда у нас так было что я иду и они или останавливаются и припугивают и мы убегаем или они просто мимо проезжают все напрягаются но ничего не происходит. я очень надеялась до последнего что вот сейчас они просто проедут уедут сейчас они чуть-чуть попугают и уйдут а нифига они такие вот вылезли и их всё больше и больше как коршуны...

я была сосредоточена на разговоре на какой-то позитивной волне   и действительно да в какой-то момент поняла что мы окружены достала телефон позвонила своему мужу   и сказала что скорее всего меня задержат…

я поворачиваюсь и они так шух пробегают ну всё мандраж все к стене мы пошли к стене   стали ребят за спину типа сзади сзади все быстро в сцепку в сцепку взялись ну вот стояли они прямо вообще вплотную рядышком возле нас стояли мы в первом ряду были…

я выдатна кінематаграфічна так памятаю як мы счапіліся і разварочваліся да сцяны таму што мы неяк так ішлі   вельмі дзіўна мы ж былі на тратуары а сцяна яна ж   далей і я гэта запомніла таму што я апынулася пад самымі елкамі і елкі мне проста выдзіралі валасы ну калі задам вось ідзеш вот вшух той яшчэ душык і я вельмі добра памятаю як я заўважыла цябе перад сабою і падумала вот потым буду табе расказваць і будзем ржаць. толькі што я да цябе дацягнуцца не магла таму што паміж намі хлопец стаяў якога мы з табой абаранялі. я яшчэ шкадавала што ты пра гэта не ведаеш што я стаю ззаду за табою…

аўторак, 8 верасня

Нас акружылі і прыціснулі да сцяны. Нашыя счэпкі разрываць было лёгка, яны не сталі для нас абаронай, а засталіся метафарай супраціву. Таму што, можа быць, мы не хацелі абараняцца, мы хацелі, каб нам не трэба было абараняцца, каб не было ніякай пагрозы.
Хацелі, каб гэтыя людзі сышлі і пакінулі нас у спакоі.
Гэта ўжо і не счэпкі былі, мы проста абдымалі адна адну, што было моцы, – каб абараніць.

Мы перасталі быць вадой, але не збіраліся здавацца.

мне было страшно   у меня там сердце дрожало. когда я стояла в сцепке   и меня пытался взять вот этот зеленый человек оливка   самым сильным впечатлением было то что   я увидела эти руки в   кожаных перчатках   на себе   это вот как материализация картинки или фильма то есть ты много раз это видел например в сми и вдруг   в какой-то момент ты видишь эту руку или этого человека   такого обезличенного вдруг ты видишь на себе на своем теле и это было самое сильное впечатление для меня прям что вот эта картинка ожила я вот здесь это происходит со мной сейчас и я   не знаю как из этой ситуации выйти. я поняла что все стали становиться в сцепку   я тоже я пыталась пыталась быть не в первом ряду мне кажется...

я помню что   первая мысль когда они выбежали и стена что вот нужно стать в сцепку   но при этом мы стояли в сцепке до этого три раза   и они три раза были неэффективны   но тут я понимаю что если не сцепка то вообще что? просто нет никаких вариантов   и ты понимаешь что   если они захотят это всё равно не сработает. ты до последнего отрицаешь что   сейчас будут задерживать   ну потому что они первое время и не задерживали они так просто стояли там что-то смотрели   а потом уже когда начали выхватывать   вот тогда стало   страшно потому что ты понимаешь что   нет шанса что   человека рядом с тобой не задержат...

лично я   очень испугалась   когда подъехали машины   у меня дома остался один ребенок и соответственно у меня стояла цель   вернуться   все-таки домой но в то же время уходить не спешила потому что со мной находились мои подруги и ну я чувствовала ответственность за них тоже. мы   вжались в стену и стали в сцепку...

было страшнавата за тых вот напрыклад там была адна побач жанчына трошкі такая ў гадах я хвалявалася за гэтых жанчын адна была з вазком з дзіцячым я потым убачыла што ёй дазволілі сысці неяк так спакайней стала ну а за нас нас жа не вельмі там лупілі проста адцягвалі з гэтай сцэпкі выцягвалі неакуратна…

з дачкой я хадзіла на многія маршы таму што ну мне не было з кім яе пакінуць банальна. калі ішлі на камароўку яна заснула ўвечары ўжо на ноч яна спакойна спала ў калясцы то-бок у яе досвед нармалёвы яна была не ў курсе таго што адбываецца. я пашкадавала што з дачкой таму што я і яшчэ адна жанчына былі з вазочкамі і мы стаялі ўбаку і дзяўчаты адступалі як бы назад стараючыся больш шчыльна стаць у сцэпку каб менш было шанцаў выхапіць і мы вазочкамі трошкі замінала хаця мы стаялі збоку але яны казалі тут вазочак акуратна і я разумела што я хацела як лепш а зрабіла можа быць не зусім добра бо ім яшчэ прыходзілася клапаціцца каб не штурхнуць каляску вось і калі нас ачапілі спачатку адзін з супрацоўнікаў крайніх у балаклаве кіўнуў жанчыне што была таксама з вазочкам што на выхад і потым мне то-бок я як бы пайшла бо мне было вельмі страшна за дзіця я разумела што калі пачнуць штурхаць моцна і вазочак можа перакуліцца і ўсё можа адбыцца таму я выйшла хаця потым дзесьці мне было ўжо і няёмка і сорамна што я сышла…

Калектыўная гістэрыя. Раз'юшаныя, загнаныя ў пастку жанчыны,

мы абараняліся як умелі – спевамі ды крыкам.
Рабілі ўсё тое, што раней працавала.

песни пели   эту купалинку пели
потом кричали   визжали помню
стоит на меня такой смотрит типа
у вас хороший голос что вы
визжите а мы еще громче...

мне было не вельмі страшна   наадварот было нават
так крыху   смешна калі дзеўкі ўсе пішчалі там сказалі
да-да дзяўчаты трэба пішчаць чым гучней тым мы іх
больш будзем палохаць сваім піскам...

интересно что вот этот визг который был на высоких частотах я поняла что в стрессовой ситуации а ситуация была стрессовой бесспорно все люди ведут себя совершенно по-разному у меня было оцепенение то есть я боялась как бы молча то есть я не кричала и вообще мне кричать не свойственно я даже если участвую в акции я никогда ничего не выкрикиваю я стесняюсь я спокойно всегда иду и не выхожу кстати на проезжую часть для меня это как бы нарушение правил мне тяжело даётся как бы преодоление нужно сделать чтобы что-то крикнуть или выйти на дорогу не потому что я боюсь а просто потому что я так привыкла ходить по тротуару. мне очень нравится когда кто-то поет но песня это что-то что льётся когда ты более или менее спокоен а когда ты вот находишься в жутком стрессе а в тот момент я себя в жутком стрессе чувствовала конечно я просто молчала просто я удалила телеграм позвонила мужу и удалила телеграм это всё что я успела сделать...

девушки со знаменитой фотографии которые окружены они были чуть ближе к проспекту а мы были чуть ближе к машерова девять наверное и получается что мы слышали такой адский стон то есть девушки кричали по разным причинам ну в первую очередь для того чтобы деморализовать силовиков и я понимаю что я вспомнила слова своей бабушки о том как сжигали деревню рядом с ней во время войны и она слышала несколько часов гул как будто из-под земли гул такой голосов...

песни это просто какой-то гипноз на самом деле вот такое чувство что когда поёшь тебя не могут тронуть ну потому что ну вы стоите поете купалинку девочки так красиво не поворачивается так мозг что в этой ситуации можно задержать ну это просто какое-то безумие и поэтому кажется что пока ты поёшь у тебя такой ореол который тебя защищает и что как только ты остановишься начнется какая-то жесть и вот ты поёшь поёшь эту купалинку по сто раз и страшно остановиться...

ну і я спяваў канечне спяваў купалінку з усімі бо ну не ведаю хтосьці пачаў я падхапіў а ў такой стрэсавай сітуацыі гэта насамрэч у нейкай ступені супакойвала мы яшчэ там пагойдваліся спяваючы і ў прынцыпе гэта звыклая рэч калі табе страшна спяваць самому сабе альбо яшчэ нейкім чынам. і гэтыя спевы гэтае стаянне ў нейкай ступені дазволіла маральна падрыхтавацца да таго што цябе затрымаюць...

по моей методике такой авторской я была как обычно одета просто как будто я еду на фотосессию для Vogue

такие красные губы пиджак какой-то красный гольфик какие-то брошечки зонт у меня трость причем типа элегантная и если что можно кому-нибудь двинуть. и туфли короче но туфли красивые но удобные и я вот в этом всём наряде такая с прической еду я думаю надо с тобой погулять потому что ты мне написала что ты там я знаю что ты там и вот я с этим зонтичком такая ля-ля-ля-ля иду и слышу дикий крик такой вот крик как я даже не знаю как его описать как будто не знаю расстреливают людей вот такой вот дикий крик ужасный и я прямо чуть даже так присела и вспомнила сразу же момент из книги алексиевич у войны не женское лицо там где она встретилась с женщиной которая была типа вот в лагере каком-то который был расположен на пересечении машерова и богдановича и она говорит вот я помню что вот здесь стоял столб и при мне у женщины отобрали грудного ребенка и об этот столб его убили вот она такие ужасы рассказывала просто и это было как раз то место. и я услышала этот крик ну это было просто как вспышка тогда я вспомнила эту историю и прошла дальше но всё равно я не знаю что это есть такое в человеке когда тебе страшно но интересно уже в тебе даже нету этого чувства что я сейчас пойду бороться за справедливость сейчас я пойду всем буду говорить что я думаю нет тебе уже стало страшно но раз ты уже тут то тебе всё равно интересно что же там такое что же там такое ух что там...

в самом автозаке я оказался вторым и именно наверно поэтому было неимоверно страшно опять же от неизвестности потому что начались вот эти вот женские крики а ты просто понятия не имеешь что происходит снаружи то есть там я не знаю бьют стреляют не знаю насилуют то есть ты ничего этого не видишь ты просто слышишь эти громкие хоровые крики...

Некаторы час яны назіралі, потым хацелі забраць мужчын, а потым, калі мы не аддалі, відаць, прыйшоў загад забіраць і нас, бо сыходзіць мы адмовіліся.

я дзесьці бачыў дзесьці чуў што жанчыны абступаюць выступаюць наперад як бы бо гэта яшчэ быў перыяд калі дзяўчат у вялікай ступені не чапалі таму сапраўды ўсіх хлапцоў мужчын адсунулі назад і перада мной быў шэраг ну як бы такая счэпка а мы як бы ззаду прыхіленыя прыціснутыя да сценкі і нас як бы рукамі абаранялі жанчыны...

почему-то очень долго нас задерживали у них наверное цель была только мужчин а потом как бы все кто выёбывается и мы попали в тех кто выёбывается насколько я поняла вот и это было всё как-то ужасно долго и нервно очень хотелось пить...

напротив нас стоят эти люди в зеленом и что-то от нас хотят потом на противоположной стороне проспекта собираются люди и мы кричим помогите а они как бы тоже ничего не могут сделать потому что подъезжало всё больше автозаков и нам несколько раз говорили что вы можете уйти но мы заберем всех мужчин ну и естественно как бы это ну на это нельзя согласиться мы даже не рассматривали этот вариант это было какое-то коллективное негласное решение. я не знаю как бы на чём оно основано на каких-то человеческих чувствах на чувстве собственного достоинства…

женщины мне говорят давай туда за нами прячься я говорю не ну как я буду прятаться я же офицер и вот мы с женой стали впереди и вот стоим ну естественно они сразу двинулись ко мне первому силу будем применять а я говорю а мы ничего не нарушаем мы идем мирным шествием мы ничего не кричим да вышли на марш в поддержку марии колесниковой почему нет я имею на это право я хочу поддержать человека. буквально минуту две с ними ну они меня подбивают под ноги ну просто вот берут и бьют и волокут в этот автобус ввосьмером…

так вот сложилось что автозак остановился прямо напротив меня там девчонки сразу стали в сцепку да то есть меня там отпихнули на задний план за нами же вот эта вот стена была ну и в принципе бежать было никак и некуда то есть сотрудники подошли просто сказали мужчины парни пройдемте с нами как бы я не сопротивлялся ну я понимал что рядом действительно было очень много девчонок парней я даже не помню возле себя по крайней мере и как бы я понимал что если они захотят меня забрать меня они всё равно заберут поэтому я не сопротивлялся и просто прошел с ним…

памятаю вельмі смешны момант калі яны пачалі выдзіраць з натоўпу хлопцаў ты адразу стала я не аддам а я абхапіла яго рукамі я зарагатала калі зразумела што трапіла яму ў кішэню. і гэта такі вельмі недарэчны такі камічны быў ну разумееш яны на нас пруць гэтыя псы а я тут ржу таму што я ў яго ў кішні лажу вот памятаю як ён дрыжаў ён вельмі моцна дрыжаў у яго тут усё калацілася і я я не магла з ім размаўляць таму што па-першае я яго не ведала а па-другое побач стаяла яго дзяўчына і я думаю што ну гэта быў бы той яшчэ сюжэцік калі б я яму на вуха нешта там шаптала і я яго проста мацней да сябе прыціскала. натуральна што я яго не ўтрымала…

Многія з нас маглі сысці, адступіцца адразу, выпусціць мужчын, паенчыць перад сілавікамі, падняць рукі, маўляў, «ну-ну, ладна, мы зразумелі, вы мацнейшыя, адпусціце – і мы сыдзем». Але ніводнай з тых, з кім я потым гаварыла, не прыйшло ў галаву зрабіць так.

ты когда стоишь в сцепке ты чувствуешь как люди там руки у них дрожат потом ты шатаешься а потом ровно становишься и женщина и женщина взрослая была возле меня и она так дрожала что это передается тебе но нельзя дрожать и ты как бы руки максимально держишь. нельзя поддаваться этой панике если рядом кто-то держит ну вот девочка стоит возле меня она спокойная я чувствую уверенность от нее а я стою дрожу я передаю свою панику другому человеку…

рядом возле нас стоял парень мы начали с ним беседовать слушайте ну отпустите вы же понимаете что это всё бессмысленно отпустите домой пойдем реально пойдем домой и больше не будем ходить он такой стоит такой идите мы такие но если мы пойдем нас схватят проведите нас. он такой стоит типа потом такой типа так всё я плохой я плохой типа что вы мне здесь говорите мы такие да у вас глаза добрые мы же видим что вы хороший ну проведи домой ну что ты и он такой ничего потом этот в гражданке прибежал там уже сложней видно какой-то неуравновешенный человек орет на нас типа руки отпустите отпустите мужиков они ни в какую ребята стоят ну понятно что боятся...

я помню как мы мужчин прижимали к земле чтобы их не было видно как бы они были достаточно высокие и ты понимаешь что это бросается в глаза и мы просто их вот так вот под себя сажали на корточки чтобы их не было видно...

Як я апынулася ў іншым канцы сцяны, я не памятаю.

«Пожалуйста, не надо, уходите, оставьте нас, не трогайте, пожалуйста, пожалуйста, пожалуйста!»

«Папа, папочка, пожалуйста, успокойся, пожалуйста, все хорошо, иди спать, я тебя прошу, пожалуйста, папа, папа!» Маленькая, я не размаўляла па-беларуску. У мяне былі толькі гэтыя словы, якімі я хацела абараніць сваю маці. І зноў у мяне толькі гэтыя словы:

«Не трогайте, пожалуйста, пожалуйста, пожалуйста!»

и всё забросили меня в этот автобус ну и началась беседа я говорю ребята что вы делаете ну и они мне начали мозг вот вы организовали этих молодых малолеток вы что не знаете как там в европе как в испании людей убивают расстреливают вы что видите там мирные митинги? там же стреляют сразу же. я говорю ну что вы ерунду говорите ну естественно как бы начали сразу хамить всё мы с тобой разговаривать не собираемся рот закрой ты быдло вот такого вот плана. меня что смутило у них никаких знаков не было опознавательных то есть был просто вот камуфляж и тут звонок сидел водитель значит и водитель значит ой доченька привет дорогая ты со школы вернулась? как-то вот ты ж вроде тоже вот хороший человек ну как вот ты реально не понимаешь что происходит реально ну понятно что у тебя в голове своей у тебя есть приказ я тоже был военный я понимаю что есть приказ ты должен его исполнять но вопрос исполнишь ты его или нет позволит тебе твоя человеческая суть это сделать или не позволит и я думаю про себя ну вот семья у тебя с доченькой ты общаешься и у меня семья только вот жена стоит плачет жена как раз подошла я поеду с ним я говорю ▇▇▇ не переживай всё будет хорошо мы обязательно победим…

я помню кого-то постоянно нужно было поднимать с земли…

Па левую руку падаюць жанчыны, бо іх разрываюць, і яны цягнуць мяне за сабой. Я таксама валюся на зямлю. Ваенны ў аліўкавай форме, якому я секунду назад енчыла, просіць: «Помогите девушке!» Спрацавала! Ён паверыў, што я мілая і харошая...

У нейкі момант пасля доўгай валтузні, поўзання на каленях і енкаў, калі атрымлівалася ўгаварыць замаўчаць маму, якая працягвала крычаць на тату, пакуль мы з сястрой намагаліся супакоіць яго, ён пагаджаўся ісці спаць. Сваёй маленькай ручкай я чаплялася за яго вялікую далонь і вяла да разасланай канапы, якая служыла – і дагэтуль служыць ім – ложкам. Яшчэ некаторы час я гулялася з ім, каб упэўніцца, што настрой ягоны залагодзіўся, альбо ласкава ляжала побач на коўдры, пакуль ён не засынаў. І толькі тады можна было супакоіцца – да наступнага разу.

уже в следующий раз я тебя увидела в таком комке людей лежащую на земле ты как жук так лежишь на спине и перекатываешься с одного бока на другой и вокруг значит навозники эти бегают...

калі павалілі вас ужо было зразумела што фініта ля камедыя вот і я па шчырасці добра памятаю момант як падала ты таму што уф куды ▇. я памятаю тваю куртку проста яна ў вочы кідалася. не памятаю астатніх але памятаю што павалілі ўвесь шэраг і я памятаю што па шэрагу пачалі ісці за хлопцамі далей...

мой друг стоял с самого краю я стояла следующая и понятно что они хотели забрать ▇▇▇ и понятно что они не могли его вырвать и начали выдирать меня потому что мы очень мощно стояли но нужно сказать что вот конкретно этот человек который был там он не был агрессивным он вообще не проявлял агрессию я думаю что если бы он хотел физически вырвать меня или ▇▇▇ то он бы это сделал... мне даже казалось на тот момент вот когда он меня за руки пытался тянуть что он мне как будто боялся сделать больно то есть у меня было это устойчивое ощущение что вот он не хотел мне вообще причинить боль и не хотел как бы вырвать так по-настоящему. мне казалось что это происходило как-то всё без огонька вот этот конкретный паренек он формально очень выполнял свою функцию то есть не хотел вот этого всего того что делал. это может быть несколько секунд длилось и потом ▇▇▇ который стоял рядышком он сказал что он пойдет и было понятно что им нужен был он а я и остальные девочки убежали. хотя ▇▇▇ потом суд дал несколько суток за сопротивление но он не сопротивлялся. да в этот момент мне было очень страшно ни злости ни ненависти не было. потом все кто был в этой сцепке убежали... я жутко чувствовала свою вину за это что вот человек мне казалось что он из-за меня пострадал но с другой стороны я потом себе сказала ну это же не я его задержала то есть виноваты те люди которые непосредственно это делают а не я я не виновата но всё равно было неприятно как будто он пошел вместо меня...

ну і стала зразумела што трэба выходзіць і ўсё ну як бы я падняў рукі ну там канечне як бы на мяне крычалі тыпу э ты ідоі сюда на выхадзі сам бля во такое. зразумела што ніхто не прадстаўляўся зразумела што ніякіх патрабаванняў не прад'яўлена ніхто не гаварыў што канкрэтна парушана там ціпа перастаньце разыдзіцеся ці яшчэ штосьці такога нічога не было проста нейкі гопніцкі бычарскі наезд і як бы і мой лёс быў прадвызначаны таму я ўсё пайшоў мірна падняўшы рукі сам выйшаў але ўсё роўна трэба было мне іх абавязкова заламаць за спіну і вось так у грубай форме там шух-шух-шух нейкім-та там бегам закінуць у гэты аўтазак як бы на падлогу на кагосьці ўжо хто там сядзеў...

я просто стала в сцепку в первом ряду вот и там такие эти дюжие товарищи в балаклавах в оливковой форме стали через голову женщин вытаскивать парней которых они закрывали вот потом женщины стали снимать балаклавы с омоновцев. и я для себя решила если у меня будет шанс я тоже попробую. ну и значит как раз один возле меня наклонился я сделала попытку не получилось они у них там как-то пришиты были. короче когда сделала третью попытку они на меня обратили внимание балаклаву содрать мне так и не удалось но они обратили на меня внимание и с криком у нас снимают балаклавы короче меня четверо дюжих молодца схватили за ручки ножки я даже не поняла это произошло в какие-то там доли секунды и закинули меня в автозак...

Калі я падаю, штосьці пераключаецца ўнутры, і я ўжо зусім сябе не кантралюю.

Мне не сем гадоў, а гэта не мой тата.

Мне не трэба больш прыкідвацца мілай і харошай дзяўчынкай, мы можам размаўляць як роўныя.

і ты тады паднялася і пачала ім у твары крычаць гэта быў такі оох момант. хлопца гэтага ўжо забралі і атрымліваецца я стаю проста я проста перад імі ў мяне нічога няма таму што дзяўчаты за мною сталі назад у счэпку а я вот адна і я гляджу як ты перад імі ходзіш ім правы качаеш і я такая ▇ бляць ідзі адтуда ідзі нахуй. вось ты злуешся на іх а я злуюся на цябе ну бляць ну куды ты лезеш ну...

Нам кажуць сыходзіць, адпускаюць; але раней, чым я паспяваю падумаць, бачу, як цягнуць у аўтазак ▇▇ і ▇▇.

подходили эти   твари и говорили

отдайте мужиков
мы вас не будем трогать

мы этих мужиков прижали к стене мы в первых рядах стояли старались их не отдавать но поняли что это невозможно   когда нас начали вытаскивать реально просто вот так вот по одному   и отбрасывать в какой-то момент я просто была так вот горизонтально в воздухе то есть меня под руки держали сзади девочки а за ноги тянули эти твари и у меня просто ботинки в разные стороны разлетелись я уже босиком вот меня откинули еще в тот момент я помню как лягнула тварь конечно это не было как-то специально сделано но когда ты в воздухе и тебя тянут в разные стороны то не особо это возможно контролировать. и он мне что-то сказал типа чего ты лягаешься ну такой обиделся причем таким голосом детским я такая чувак а ты подумал что ты делаешь? ну я ему не сказала подумала. после того как меня откинули я обулась и опять стала в сцепку и в какой-то момент   я увидела что ▇▇ откинули...

да меня выдрали   либо
оливковая эта тварь либо
какой-то тихарь просто
в спортивках это был   и он
типа просто   начал меня как
бы откидывать в сторону   но
я подумала что   даже не знаю
какую-то хуйню я подумала
потому что я стала в его руках
так вот вертеться   чтобы
повернуться к ▮▮▮ лицом
и так ну типа глазами говорю
что типа всё нормально.
и тут у ▮▮▮ на лице такое
возмущение   такое бывает
у бабушек когда им там
говорят какую-то вещь которая
рушит их   представление
о мире   у нее так брови
взметнулись   до самых волос
и она такая что вы делаете!..

а дзяўчына   якую таксама выкінула са   счэпкі   яна згубіла   красовак   яна з гэтым красоўкам значыць   з-за таго што тыя забралі яе сяброўку   яна вот з гэтым красоўкам наперавес на хлопца на якога яна ўпала ён яе падняў і ён падняў яе вельмі карэктна дарэчы ён выбачыўся ўсё   і яна такая ну думаю зараз дура адхваціць а я ж у гэтым выпадку як ваш   гэты анёл ахоўнік я-та   ў звыклай для сябе ролі была і таму я ведала што я   я не палезу нешта камусьці даказваць   мне важней было напэўна   захаваць   як мага больш людзей таму я яе схапіла значыць вот так вот   а яна рыпаецца   ды куды ж вы   адпусціце мяне ані жэ маю падругу   а я   я яе супакойваю я кажу   вы зараз нічым не дапаможаце   забралі ўсё   нікому ад гэтага...   я гыркнула толькі калі яна зноў   рыпнулася я сказала стой спакойна! і яна на хвілінку аслупянела   а пасля калі пачалі цягнуць ▮▮▮▮▮▮ і ▮▮▮▮▮▮ я крыху   як гэта аслабіла ўвагу і яна карацей вырвалася і яе тут жа...

аўторак, 8 верасня

я метнулась за ▇▇▇ и тут у этих чуваков наверное терпение лопнуло потому что они передумали откидывать меня как-то в сторону а уже схватили нас за шманты и поволокли в автозак и по-моему этот тихарь сказал как это он сказал ну блять и покатайтесь в автозаке что-то такое…

Ну куды я пайду цяпер? Маіх сябровак забралі, а я пайду? Ад усёй гэтай несправядлівасці, якая накоплівалася тыднямі, мяне нясе. Я крычу мужчынам у форме проста ў твар: «Вы парушаеце нашыя правы! Мы маем права на свабоду мірных сходаў і свабоду выказвання!», – але яны не рэагуюць, можа, таму, што гэта доўжыцца не болей за паўхвіліны, можа, таму, што іх гэта зусім не турбуе.

я вот вообще не была спокойная был момент когда я поняла что ▇▇▇ точно задержат и вот в тот момент я начала кричать и плакать и вообще я потеряла над собой контроль я боюсь что я могла бы сделать в этой ситуации на самом деле. ну и ▇▇▇ начинает бежать его сразу же хватают ну а я а мы обсуждали до этого что если его будут задерживать не надо за ним идти но в тот момент когда это происходит у тебя уже как бы есть только один правильный вариант ну и всё они его схватили а я на него напрыгнула и начала кричать что я его не отпущу ну и всё они нас вместе повалили потом разняли и на колени поставили заломали руки немного. потом ▇▇▇ уводят а мне говорят типа забирай вещи и проваливай ну а я не могу уже никуда уйти я бегу за ним меня чувак останавливает и мне так было непонятно в тот момент а чего он меня останавливает ну типа это кажется таким очевидным вот моего любимого человека прямо сейчас уводят в смысле я не должна туда идти в смысле мне просто взять вещи и домой пойти или что? для меня это казалось таким абсурдным что он меня не понимает ну и всё потом подошел другой чувак там был такой разъяренный бык и он такой типа ну тогда за ним пойдешь…

со мной рядом была женщина которая мне помогла и держала меня так получилось что я оказалась в первых рядах и сзади нас был парень и нас пытались оттащить чтобы забрать парня но мы не давали этого сделать вот и в тот момент когда меня задерживали моя подруга стояла рядом она пыталась помочь и другие тоже пытались помочь вырвать меня от них говорили что вы делаете и но в итоге всё равно меня задержали...

постепенно девушек уводили вот и я всё еще не верила думаю ну нет нас не могут целый автозак женщин такого не может быть это просто переходит все границы но нет нас взяли в какой-то момент потянули меня но сестру бы по-любому точно взяли и поэтому мы вдвоем так за ручку пошли в автозак и всё ну то есть никакой силы не применяли сказали не сопротивляйтесь там бить не будем лучше сами спокойно идите ну мы спокойно прошли **в автозак...**

меня задержали из-за флага по факту я была в флаге один мужик на меня посмотрел этими глазами звериными типа сними а я на самом деле не услышала я по губам прочитала и я такая я не понимаю о чём вы говорите это не мне вообще видимо это был какой-то начальник и он сказал каким-то пацанам взять меня меня отвели ну есть два вида омоновцев такие дядьки которые реально вот с ненавистью на тебя смотрят как будто ты не человек ну и мальчишки повеселиться так сказать то есть они реально хихикают пока это всё делают типа а-ха-ха-ха мы задержали кучу девушек класс весело. этот взгляд он не то чтобы он мне снился но я его прекрасно помню на меня так никто в жизни не смотрел. два парня просто подошли просто меня забрали и повели ну единственное я там в реактивном абсолютно режиме удаляла телеграм там у меня буквально было пять секунд чтобы сделать это потому что отвернулись эти омоновцы и я успела удалить телегу и успела написать что меня задержали и потом всё...

уже стояла пробка на машерова машины бибикали и на противоположной стороне улицы омоновцы задерживали тащили женщин в автозаки я эту картинку увидела и я вот полетела через это машерова через трамвайные пути через какие-то машины слабо двигающиеся я перебежала через дорогу и стала в сцепку так получилось что я стала за спиной у женщины с маленьким ребенком с мальчиком лет четырех и омоновцы в тот момент за углом какую-то часть женщин давили а нашу сцепку то ли они нас уговаривали разойтись то ли что но женщина передо мной с маленьким ребенком отказывалась потому что якобы из-за ребенка который там загораживает собой женщин которых они хотят схватить они не могут как бы всех тащить в автозак вот это продолжалось наверное минут десять постепенно наша сцепка таяла то есть люди расходились они видели что им дают возможность уйти отойти некоторые возвращались говорили идемте с нами я продолжала стоять напротив омона они всё настаивали что мы должны сойти с какой-то травы то есть они стояли на траве мы стояли на тротуаре а они нам что-то рассказывали про то что мы как-то там должны сойти с травы на тротуар. а в тот момент много обсуждали а что же это за зеленая форма загадочная без опознавательных знаков а это вообще наверное не наши омоновцы это наверное россиян прислали а я видела прекрасно что это те же самые омоновцы которые вчера были в черной форме вот и в какой-то момент людей так мало стало и они как бы отошли от нас. я встретила знакомую и мы начали какую-то женщину которая в слезах такая очень-очень сильно успокаивать обнимать чай ей давали из какого-то ближайшего кафе которое там нам через решетку там чай для нее передало как-то ее ободряли успокаивали и на этот момент как бы омоновцы какое-то количество им нужное схватили как бы нами они больше не занимались. я поняла что начинается зачистка тех кто остался и надо куда-то бежать я быстренько перебежала через дорогу села в машину и увидела что во двор заезжает бус конечно решила что это за мной и дала по газам…

была жанчына з хлопчыкам трошкі старэйшым кажа яму трэба бачыць якім ён не павінны вырасці. проста дома сядзець не маглі і калі не было магчымасці з кім пакінуць дзяцей гэта было ад безвыходнасці не таму што мы прыкрываемся імі ці нібыта нават не шкада іх а проста калі чытаеш навіны і валасы пачынаюць варушыцца на галаве ты разумееш што варта выйсці а выйсці можна толькі з дзіцём…

я не знаю куда у нас потом люди разбегаются разлетаются но просто наступает момент когда нас много-много а потом так смотришь а вас осталось человек десять и ты не понимаешь где другие люди…

уже шла такая охота охота на ведьм уже всех собирали по обочинам дорог а я вот иду как бы ты знаешь ты идёшь как будто в пузыре в каком-то и наблюдаешь за этим. и вот я увидела эту девушку на велосипеде на этом с белым шлемом и уже через секунду она просто как будто валькирия какая-то она реально выглядела как в кино выбежали уже эти армейцы типа все страшные в своей этой форме болотной с балаклавами и женщины какие-то стали в сцепку я оказалась на краешке этой сцепки а эта девочка в белом своем господи в шлеме она как джеки чан она такая так что и вот такая она стала в позу была готова драться вжала плечи такая вот хоп и она такая прыгает типа буду отбиваться если что. вот и всё и эти вот типа парни или как их назвать эти военные они что-то начали мужчин всех потихоньку забирают женщины естественно начали кричать типа что вы делаете как всегда это происходит вот и какая-то женщина подошла в возрасте подошла к одному из этих омоновцев или как их назвать они типа замыкали уже вход во двор вот так чтоб оттуда типа никто уже не вышел она к нему подошла и говорит кто вы вообще такие что вы себя здесь так ведете? а он говорит да чё ты мы свои мы свои ребята и с такой улыбкой и это было это было не по-доброму это было типа я всё равно тебе дам пизды типа хочешь не хочешь да а всё равно получишь вот так причем это была женщина взрослая такая в возрасте…

«Вы нарушаете наши права! Мы имеем право на свободу собраний и свободу слова!»

«Всё, ты меня заебала»

– бык у чорнай форме, вочы наліты крывёю, хапае мяне за локаць і вядзе ў аўтазак.

па атмасферы   стала зразумела што   ўсё ж такі гэта верасень і рэальна нас зараз лупцаваць так не будуць   то-бок гэта быў яшчэ перыяд такога негалоснага як бы перамір'я калі яны канечне пачыналі ўжо зноў набіраць абароты і хапаць людзей але з другога боку калі да нейкай вельмі гвалтоўнай жэсці не вярнуліся…

там уже на корточках сидело много парней меня прямо поверх них и швырнули сверху. я в автозаке была первая женского пола они видно до этого брали только парней и в какой-то момент решили видимо типа хватит уже с этими и начали хватать всех подряд потому что за мной они набили там полный автозак девчонок и женщин. вот мы просидели минут 10-15 а нас там набили человек 60 а может и больше вот кому-то там уже стало плохо пытались там открывать окна. в какой-то момент видать подъехали еще автозаки и они начали нас перегружать. но поскольку на меня указали что я балаклавы срывала я поняла что мне хорошо не будет. я там забилась как мышь и когда всех переводили из автозака в автозак я была последняя он говорит ну ладно и ты тоже типа иди и в общем в новом автозаке мою историю не знали и я уже без сопровождения туда зашла...

этот сотрудник который нас в автозаке принимал он постоянно смотрел в окошко и хохотал над тем что происходит вот ему было забавно очень нелестными словами отзывался и о девушках о женщинах про их интеллектуальные способности. называл

тупыми мокрощёлками.

сразу как-то больше было молодых людей потом уже и пенсионерок заводили под конец и мужчин тоже постарше молодежь пыталась избавиться от флагов от браслетиков потому что ну знали что если что-то найдут то будет хуже...

там уже сидела хорошая компания из девушек и женщин и одна была женщина в таком ну в зрелом возрасте вот и я на сто процентов была уверена что нас щас немножко покатают отвезут куда-нибудь и отпустят потому что несколько таких историй я слышала когда совсем уже непонятные были задержания то отпускали людей. но нет нас повезли не отбирали телефоны я там написала папе контакты адвоката сообщила всем кому нужно и я совершенно не волновалась сестра тоже особо не паниковала в автозаке там шутили разговаривали и с омоновцами тоже кто-то разговаривал ну как бы страха у меня не было почти…

самая большая проблема для меня всегда когда задерживают чтобы не забрали флаг это как потерять знамя полка и поэтому для меня всегда принципиально его сохранить вот когда в бусике нас везли они попытались эти флаги у нас забрать они вырывали и у сестры и у меня и мы флаги не отдали вот просто он вырывает у тебя да а ты его держишь за другой конец и перетягиваешь к себе и в итоге вот что мне понравилось они увидели в этом сопротивление и не стали вырывать больше но правда руки потом вот все косточки болели и такое ощущение что были тоже синяки ну просто вот как-то от напряжения…

у нас уже напаковали автозак то есть мы заходили практически последними туда понятно что они начинают руки я говорю не надо сами пойдем и сами пошли нас не тащили ничего мы куда идти показывайте они туда а куда ты будешь убегать если б начала убегать еще больше досталось потому что здесь автозак здесь стена здесь людей тащат и ты такой я убегаю не ну пришли к автозаку он еще кричит такой что ты делаешь ты жизнь свою портишь говорю ничего я не порчу куда идти он такой туда...

в первый момент я дико заплакала я не знаю у меня была какая-то истерика я не то чтобы плакала из-за того что меня забирали а из-за того что всё так происходит. в автозаке я еще поплакала и меня успокоили одна добрая женщина она меня успокоила и всё я потом уже получается воспринимала это как даже не знаю как объяснить не как приключение но как какой-то опыт...

и вот следующая картина кто-то из мужчин крикнул им что-то типа твари там сдохните ну и представляешь да у этих сразу там адреналин в голову и началась погоня там по этому двору они побежали за парнем за этим его догнали в итоге но по пути еще зацепили дедушку он упал короче там что-то произошло и в итоге этого деда вот так за руки за ноги его забрали и отвели в микроавтобус без кепки босым потому что не знаю как это произошло может они специально сняли с него обувь вот но он там уже беззубый ему больше семидесяти лет его взяли за руки за ноги и самое из такого из ужасных сцен что я увидела во время этих событий это то что они его специально просто ударили головой о столб ну это было намеренно вот как бы так бам и понесли я не знаю зачем это происходит зачем это делают и как это не понимаю...

у меня началась паническая атака я начала задыхаться и плакать но это продолжалось ровно до тех пор пока в нашу газель не ввалили девочку которая была еще в худшем состоянии чем я а у меня так работает что паникует только кто-то один и если это не я значит я перестаю и всё я там ее успокаивала сама уже успокоилась и всё и потом уже как-то расслабилась...

и вот мы идем втроем рядом с нами бабушки и мы вдруг видим что едут бусики но у нас такая позиция была не убегать   то есть мы ничего не нарушаем мы имеем право мирным путем высказывать свою позицию гражданскую   мы не преступники   так вот бусики подъехали   сразу же выпрыгнули оливки   и они бросились к нашему другу   но мы же втроем мы же три мушкетера да   мы же не отдадим нашего друга   и мы уцепились за него. я знаю что первую оторвали мою сестру   я уже ее потеряла из виду и нас вот долго с другом растаскивали   в итоге друга забирают уже а я вижу только что моя сестра ее уже в бусик этот запаковывают а она сверху руками хватается и пытается   ну я не знаю что бы она сделала наверное забралась бы на крышу   но это было мило конечно   страшно но что-то в этом есть   а меня схватил какой-то тихарь во время всей этой борьбы   и он заломал руки за спину мне   и я понимаю что вот я дергаюсь а у меня руки за спиной и я вообще ничего не могу сделать   в итоге   я   как-то   попыталась   вырваться ну и получается что он меня толкнул и я упала   а у меня длинная такая юбка я падаю   передо мной эти силовики все в общем грохнулась практически на колени   но не перед ними и   такой момент их хотели просто увезти по ходу а я стала кричать   я в жизни очень редко ругаюсь   но с началом протестов я стала ругаться я стала говорить слово сволочи чаще потому что я считаю что оно очень хорошо описывает   тех людей которые   творят беззаконие ну и я стала кричать сволочи там моя сестра ну и собственно пробираться через этих оливок ну и естественно меня тоже упаковали...

я не бачыла моманту твайго затрымання і пасля яны прапанавалі такі гуманітарны калідор так бы мовіць пакуль не прыехаў губазік гэты і быў момант такі ведаеш у нас жа недавер да іх ці мала што яны будуць рабіць калі мы пойдзем туды і вось яны стаяць маўчаць і на нас глядзяць і мы стаім маўчым на іх глядзім і гэта было падобна ведаеш як да авечак у пастцы ваўкой хаця мне зусім не хацелася так сябе адчуваць але прыкладна так гэта і і яшчэ я памятаю што напачатку побач са мной ля самай сцяны апынулася жанчына з маленькай дзяўчынкай натуральна што дзяўчынка пачала плакаць і яе яшчэ так заціснулі што месца не было і ёй дыхаць не было чым і яна плакала гаварыла мама мама мне баліць вось і маці не магла нічога зрабіць яе заціснулі і яна не магла паварушыцца і я яе гладзіла супакойвала і мне давялося яшчэ і маці ўгаворваць каб яна выводзіла дзіцёнка адтуль і распіхваць гэтыя счэпкі каб яны хоць як-небудзь бы прайшлі і я стаяла і думала калі мы купалінку спявалі якая траўма будзе ў гэтай дзяўчынкі. ▓▓▓ ў гэты гуманітарны калідор пайшла першая ў сэнсе што нейкія дзяўчыны ўжо павыходзілі ▓▓▓ паглядзела што нікому нічога не робяць доўга вагалася але ўсё-такі пайшла а я стаяла і думала што гэта як здрада нейкая што вось людзі тут застаюцца а я пайду. я пра цябе падумала а пасля я цябе не заўважыла і я падумала што ты сышла ну і чо і я тады пайду…

У аўтазаку душна, але не страшна. Ён амаль поўны, але мы не едзем. Пішу смс ▓▓▓, што мяне затрымалі. Мне сорамна, што падвяла траіх людзей, якія чакалі мяне, а больш ні пра што я пакуль не думаю.

я маму предупредила в автозаке еще я сказала что меня задержали моя мама очень удивилась и подумала что я шучу она знала что я хожу но просто это было очень неожиданно и когда я ей сказала она очень волновалась…

как только нас закинули в бусик   парня забросили на пол   сестру и меня на сиденье. что меня поразило   ну сестра у меня хрупкая   я была там в длинной юбке и тоже там   не самых больших размеров но к нам применили удушающий прием   то есть и ей и мне силовики стали на горло коленом. вообще это очень сложно описать тебя забрасывают на эти сиденья   и   получается еще прижимают коленом тебе горло   чтобы обездвижить я так понимаю. я знаю что у меня только мысль мелькнула сразу сравнение с флойдом да думаю ну там конечно вся америка встала а здесь тебя просто задушат если что и может никто и не узнает про это. и   ну я подумала что конечно ребята не рассчитывают свою силу то есть мы для них вот такие отъявленные преступники и им вообще без разницы кто перед ними там   ребенок   пожилой человек женщина   скажем главное обезвредить. этот захват длился недолго мы не задохнулись но я знаю что сестра стала что-то говорить она боялась что будут бить нашего друга и в общем я только слышу

бьют ее   по лицу очень сильно и потом еще раз ее ударили два раза   а меня я молчала полностью и меня он просто ударил.

это была очень сильная пощечина   причем   опять же для него это была пощечина а для меня   ну вот просто всё лицо   как закрываешь глаза вот такой огонь видишь и я понимаю что было ощущение что сейчас голова просто отвалится. здесь вот потом у меня был такой красный знак   красная полоса болело потом здесь долго. кстати я до этого момента думала всегда что я вот такая гордая   если меня не дай бог когда-нибудь ударит мужчина то я вот просто там не знаю   умру. в общем   ничего никакого эффекта   никакой психологической травмы кстати к мужчинам после этого я не стала плохо относиться   просто я сейчас очень четко разделяю есть мужчины   а есть люди которые на данный момент служат в каких-то силовых службах и   они для меня мужчинами не являются...

и вот уже где-то там посредине этих событий я услышала вот этот крик еще раз   наверное тогда был сделан этот знаменитый кадр когда женщины так вот все прижимаются к стенке   вот   и я тогда поняла что всё ▉ там ▉ уже в порядке ▉ там запакована и сидит в безопасном этом   в безопасном колпаке или как он там называется

▉ обезврежена уже террористка эта никому точно не навредит слава богу государство в безопасности ▉ сидит под замком.

и я короче думаю дай позвоню   и еще связь работала   я такая набираю и естественно ты не поднимаешь   не поднимаешь не поднимаешь потом дозваниваюсь   и я спросила ▉ ты где а ты такая ▉ я не магу гаварыць я ў аўтазаку это было последнее что я слышала   и первая мысль такая блин а ты не можешь убежать   я просто видела видосы как люди могли типа выскользнуть как-то и убежать в неизвестном направлении вот ну я подумала что дай пойду потусуюсь под автозак а может ты реально захочешь убежать вот и я пошла в эту сторону и в этот момент опять останавливается этот бусик и из него выбегают эти   все зеленые оливки   и я вот реально думала ну щас и меня обезвредят и уже точно беларуси ничего угрожать не будет вот   и я такая стою со своим зонтиком и вот они просто как пули мимо меня пробегают и меня никто не трогает я себе стаю красиво у меня было ощущение что я просто наверное уже мертвая или что никто не замечает ну то есть они меня не трогали не брали не говорили со мной не смотрели на меня ничего…

мы стали на дороге между домами и с нами была еще группа девушек наверное несколько десятков и также за нашими спинами были пару парней и собрались люди с окрестных домов мужчины. сначала силовики слушали что мы им говорим я стояла молча просто смотрела им в глаза. мне казалось нет смысла с ними разговаривать потому что я видела что они на нас смотрят как на низшее какое-то звено как кот смотрит на мышь ну то есть они просто стояли расслабленно и слушали то что кричат им девушки и это меня лично очень злило и я испытывала очень большое отвращение к ним и ненависть в тот момент и они мне казались жалкими. потом они сказали что вы стоите вы можете идти когда девушки разжали руки и попытались уйти они резко на нас бросились мы сразу стали в сцепку назад тут я услышала что их командир вышел и указав на меня с подругой сказал вон тех с флагами и два силовика двинулись на нас на меня двинулся такой большой парень я сама высокая у меня метр семьдесят шесть роста он был выше меня такой здоровый и он шел с очень наглой ухмылкой на меня. он просто подошел и с наглой ухмылкой надавил на мои руки всем весом и соответственно они разжались и в этот момент кто-то потянул меня сзади за рюкзак и несколько рядов девушек упало и я тоже упала на землю. я оказалась лежащей на земле и силовики попытались меня подняв с земли унести в бусик. вообще это всё я помню достаточно смутно потому что вокруг меня образовалось достаточно большое количество людей кто-то тянул меня несколько силовиков пыталось меня поднять кто за руку кто за ногу один меня пытался взять в захват за шею сначала когда я упала я сжалась я думала меня будут бить и я специально легла в такую позу

чтобы меня невозможно было ударить по голове я закрыла ее руками и немножко прижала колени чтобы нельзя было бить по животу.

но к счастью еще в тот момент они не били или эти силовики они не били женщин

и когда я поняла что они меня бить не будут я уже приняла другую позицию дело в том что лет двадцать назад я занималась дзюдо и занималась им профессионально и в тот момент хотя я не думала что так произойдет но мое тело всё вспомнило и ну силовики не очень себя профессионально вели они меня тянули с двух сторон и как бы используя силу одного силовика я выдергивала свои конечности от другого то есть один тянет меня за руку а я выдергиваю ногу а когда один силовик попытался меня взять в захват за шею я просто ушла от захвата потому что нас этому учили. в какой-то момент они меня подняли в воздух но не смогли удержать и уронили ну и хочу сказать что всё это время я истошно вопила так громко что на эти крики выбежала из подъезда бабушка лет восьмидесяти и она тоже стала помогать меня отбивать. провозившись со мной минут пять они меня просто бросили и ушли я не сразу поняла что происходит и еще какое-то время наверное лежала просто на земле пока ко мне не подошла эта бабушка и не сказала внученька вставай скорей и уходи пока тебя не забрали. когда я встала уже никого не было я нашла еще одну нашу подругу тут подъехало еще несколько бусиков и они побежали гонять людей по дворам и мы были вынуждены уйти уже потому что было видно что на той стороне тоже уже девушек пакуют и я пошла домой...

Зноў звоніць тэлефон, гэта ▓▓▓▓▓ – ягоны аўтобус у Чэхію адпраўляецца, а я ў аўтазаку замест вакзала. Невядома, калі я ўбачу яго зноў і ці ўбачу.

уже время садиться в автобус   а тебя нет. я думал ну может просто занята своими делами может что-то случилось а может просто не получается но когда я позвонил тебе по итогу и ты ответила что ты сидишь в автозаке это было особенно   как бы не знаю   не то чтобы трагично наверное трагично не то слово но конечно это плохо повлияло на моральное состояние то есть я   если и до этого не особо понимал что происходит то в тот момент   мне стало как-то особенно грустно и одиноко   я чувствовал что это   как-то неправильно что   тебя задержали а я куда-то еду в этот момент...

аўторак, 8 верасня

Нас поўны аўтазак, трыццаць тры чалавекі, з іх каля дваццаці жанчын. Кажуць, мы едзем у ██████ ███. Наўрад ці я да канца разумею, што адбываецца. Побач некалькі жанчын ва ўзросце і адна з іконай, я бачыла яе раней, першага верасня пад «Лянком». Жанчыны пытаюць дваіх мужчын у чорнай форме, якія нас суправаджаюць, ці вераць тыя ў Бога... Я сяджу на лаўцы насупраць дзвярэй, таму бачу іх вельмі блізка, але іх твары закрыты, і я запамінаю толькі як у аднаго з-пад балаклавы тырчаць вусы. Другі натхнёна распавядае, які ён вернік і хрысціянін. Як ходзіць на споведзь і прычашчэнне, як паедзе ў манастыр у Лядах на важнае праваслаўнае свята... Мы з жанчынамі пераглядваемся –

гэта нейкі сюр.

что меня удивило они пытались с нами общаться причем это общение было очень странным они то кричали причем истошно кричали так дико то потом переходили на флирт и это было так всё внезапно флирт крики флирт крики а среднего не было. то есть мы что-то пытались говорить о политической обстановке о выборах они нас переубеждали был момент даже какой-то что мы сказали вот вы в балаклавах вы преступники собственно поэтому вы их надеваете и в общем мы сами довели их до такого состояния что один просто так пафосно сорвал балаклаву и второй тоже а второй прикольно сделал он хотел чтобы было пафосно но он сорвал ее и натянул сюда на голову и получилось знаете вот как гопник реально такой гопник причем он такой мелкий а голос у него противный такой скрипучий и вот эта балаклава я сижу и думаю боженька как смешно да они задержали нас они бьют но это так смешно и нелепо...

– Ці ёсць у каго-небудзь вада?
– Вот там водичка, я специально для вас подготовил...

Піць яе здаецца небяспечным і непрыемным, але хтосьці п'е, таму што варыянтаў няма.

с нами ехала женщина там такая постарше она прям так ругалась на них ну не знаю бессмысленно это было они всё равно ее не услышали мнение свое не поменяли а она свои нервы так разнервничалась давление. там водичку достали одна бутылка воды на всех была а они такие ковида не боитесь? в этот момент никто не думал про ковид ни про что ну как бы пили из одной бутылки потом они даже еще воды нам налили в эту бутылочку кто-то пошутил отравлена не отравлена они такие нет мы сами ее пьем...

Той, у якога з-пад балаклавы тырчаць вусы, пытае: «Да какую вы книгу последнюю прочитали?» Ён кажа гэта на поўным сур'ёзе, з пачуццём інтэлектуальнай і любой іншай перавагі. Як на злосць, з галавы вылецелі ўсе назвы кніг, якія ў мяне ляжаць, прачытаныя ці пачатыя, на стол-кнізе. У маім пакойчыку, які здаецца такім нерэальным, нібыта я ўсё жыццё сяджу ў гэтым аўтазаку.

был тоже такой момент они спрашивают есть ли у нас колющие режущие   причем так с криком   я бы сказала   есть колющие режущие?! я говорю нет а сестра говорит пилочка у меня есть и я думаю ну сейчас будет орать   а он такой смотрит улыбается ну девушка всегда остается девушкой   честно меня это так удивляло то крик то флирт ну   и они очень быстро переходят из одного состояния в другое то есть   это показывает такую крайнюю неуравновешенность   и кстати было видно у них глаза прям многие говорят про это что они дикие это действительно так вот эти глаза они бегают они долго не держат на тебе взгляд и они какие-то такие вот вот беспокойные прям...

у аўтазаку там як бы   я заўважыў што   галоўны амапавец па аўтазаку мае   спецыфічны акцэнт   але збольшага разумее беларускую мову таму што там была жанчына   такая   ва ўзросце   якая іх там паліла чым толькі магла яна размаўляла па-беларуску толькі   казала ім што   хтосьці там паляціць   на сваім залатым самалёце а яны пабягуць пешкі за ім   там яшчэ штосьці   яны як бы пасмейваліся было бачна што ён разумее збольшага беларускую мову   але калі ён сам прамаўляў   у яго быў акцэнт характэрны   я як філолаг адразу   пачуў украінскі і   я як выйшаў пасля зразумеў што   я быў у аўтазаку мэнэджарам якога   быў былы беркутавец з пэўнасцю там   дзевяноста дзевяць адсоткаў. але ў той жа момант ён быў тыпу вясёлы   там у жанчын дзвюх якія ішлі з опернага з працы   ў кагосьці з іх быў дзень народзінаў і заўтра нейкі спектакль   ён задорным голасам сказаў   прыносім свае поздравления от гувд города минска штосьці такое з аднаго боку а потым раптам   калі хтосьці яму з мужыкоў у адказ пажартаваў   ён рэзка і груба абсякаў і   ўжо там як бы не цураўся   нармальных выразаў   ну і сярод іншага ў нас у аўтазаку быў чалавек які ўжо быў у сцяжках   таму што астатнія так сядзелі   ну мы там на падлозе сядзелі хто як адзін на адным і па баках лавачак   і ён як бы   двух чалавек адназначна сказаў так вот этого щербатого будем отдельно разбираться и вот это вот тоже   ну а там сярод іншага чалавек які сядзеў у наручніках   ён на ўвесь аўтазак выгукаў нешта кшталту   мне вот почти пятьдесят лет   беларусы я вамі проста горжусь что мы   один народ типа   это так круто быть с вами рядом   штосьці такое даволі экзальтаванае вясёлае і падбадзёрвальнае...

Я падымаюся да акна, каб паглядзець, дзе мы едзем, і толькі цяпер бачу, што шкло зацемненае, і мы нібыта ў даркруме, дзе праяўляюць стужку, а за акном – фотаздымак, які праяўляецца... Я дастаю тэлефон і хачу зняць гэта на відэа. У жніўні ў Мінску польскі рэжысёр здымаў мяне для фільма пра нашыя падзеі, і ён папрасіў мяне збіраць цікавыя відэа, каб потым іх можна было ўставіць у фільм. Я падумала, што гэта кадр акурат для фільма – без жартаў – і стала тлумачыць нашаму «суправаджэнню», што мне для кіно... Жанчына побач здзіўлена пытае, колькі мне гадоў. Тая, што з іконай, шальмуе мяне як пазёрку, якая няшчыра пратэстуе... А я не разумею, што я вярзу і чаму проста не змоўкну...

сначала это вообще не сильно серьезно воспринималось ну потому что девочки рядом были опять же все так говорят что вот когда рядом суперклассные люди ты хихикаешь и слишком серьезно всё это не воспринимаешь ну во-первых потому что это абсурд как можно задерживать меня для меня это полный абсурд...

Да таго, што стаіць ля самых дзвярэй, падыходзіць адна з затрыманых і перашэптваецца з ім, пасля ён кажа ёй: «Хорошо, я вас запомнил, вас отпустят». Мы пачулі і падымаем на яе позіркі, а яна прапаноўвае нам піражкоў з папяровага пакета...

аўторак, 8 верасня

я не скажу что они как-то агрессивно себя вели нет они вполне нормально вели и они такие типа да щас мы вас в рувд завезем и вас отпустят всё нормально не переживайте вам там втык дадут и пойдете домой мы такие ну как бы хотелось верить...

я тоже верила еще бутылку вина за тридцать рублей проспорила...

я помню что один уже под конец стал говорить что вот мы добиваемся своими протестами того что скоро здесь будет россия и вот тогда мы посмотрим да но на самом-то деле мы просто такие глупые мы этого не понимаем для того чтобы это понимать нужно обладать интеллектом говорю нужно обладать интеллектом которым вы не обладаете и в этот момент я только вижу он прямо вот уже такой подрывается но мы приезжаем к рувд открываются двери я была счастлива прямо что мы остановились и уже рувд...

в автозаке было уже довольно много людей там сразу были какие-то личинки омоновцев они такие ой девушки присаживай-
тесь там согнали каких-то мужиков с лавочки этой нас усадили ну
и всё как бы там мы начали строчить какие-то эсэмэски. там были
два мужчины которые задавали много вопросов и когда мы приехали в ▇▇▇ ▇▇▇▇▇▇▇▇▇ мы все выходим из автозака а этим говорят типа
оставайтесь в автозаке. нас уже вдоль стен поставили в рувд ну
и через какое-то время заходят эти люди ну и видно по лицам ну такие как ну еще это были не фингалы но покраснения такие какие-то
ну как кулаком ударить в лицо...

вось і я дайшла да скрыжавання машэрава
і куйбышава напэўна разу з чацвёрта-
га я змагла разблакаваць тэлефон таму што
ў мяне трэсліся рукі але яны збольшага напэўна трэсліся ведаеш гэта такі стан я ў ша-
ленстве была проста я выходзіла адтуль
я мацюкалася вот напэўна як ты ім у твары толькі я сама сабе. я знайшла ▇▇▇▇▇ яна стаяла мяне
чакала і мы вырашылі што ў такім стане трэба вы-
піць і мы пайшлі ў грузінскі нейкі быў рэстаран
я цудоўна памятаю што я адразу сабе такі ку-
халь піва такі здаровы стэйк каб нагнаць гэта
ўсё заходжу ў фэйсбук і бачу ў мяне пад допісам
што затрымалі ▇▇▇▇▇▇▇▇▇ што цябе таксама. сказаць што я была злая гэта не сказаць нічога таму
што ўвесь час што мы з табою да гэтага сутыкалі-
ся яно было бачна што цябе так і цягне на гэтыя
подзвігі так і цягне сесці. і таму я не здзівілася
але я была злая таму што ну бляць ▇▇▇ ну вот
нарэшце атрымала і тут мне прыносяць маё мяса
а ў мяне стаіць такі халодненькі куфаль піва ведаеш яно яшчэ сцякае па гэтым куфлі вот і я добра
памятаю што я вырашыла што я нікуды не пайду
пакуль я не з'ем гэты кавалак мяса і не вып'ю гэтае піва. спачатку мяне чакаў рэйд па ўсіх гэтых
вот і на шчасце мне яго не трэба было ажыц-
цяўляць таму што ▇▇▇▇▇ пазваніла і сказала што
ты ў ▇▇▇▇▇▇...

я в тот день в первый раз за очень-очень-очень долгое время пошла в театр со своими подругами на спектакль юры дивакова по гоголю и самое интересное было то что этот спектакль там по-моему две тысячи восемнадцатого года но там всё было про вот ту беларусь августовскую сентябрьскую беларусь и это было очень странно и было очень страшно находиться в зале смотреть на это попробовать переживать эти чувства и когда мы вышли из театра я узнала что вас задержали и это было просто безумием потому что это были первые задержания с начала августа ну такие вот массовые и это было очень страшно и ну я тоже присоединилась к девочкам и мы обзванивали рувд просто мы не могли понять где вы что с вами будет происходить то есть тогда это были первые самые ну такие дни когда начали массово задерживать женщин и было непонятно вообще что происходит как бы куда звонить куда идти и как можно помочь что можно сделать хотя если честно я была практически на сто процентов уверена что вас просто отпустят или отпустят со штрафами у меня не укладывалось в голове мысль что кого-то могут посадить на сутки в тот день она вообще не укладывалось в голове…

я должна была идти туда тоже но меня вызвали на работу я на работе сидела и следила на тут бае на онлайнере за тем что происходило и на всех фотках искала тебя так у нее всегда очень яркая куртка она же идет на митинг надо выделяться. пришла с работы это было уже восемь вечера захожу в телеграм проверяю или ты заходила не заходила. ▮▮▮▮ нядаўна была ў сетцы. я адразу табе напісала а потом ты не отвечала я еще раз тебе написала и я понимаю что надо искать кого-то из твоих знакомых я в тот момент даже не подумала что у тебя миллион друзей и что уже по-любому все тебя ищут и что-то знают я думаю господи она там одна что же с ней будет бедный ребенок…

я тады яшчэ не сачыў за спісамі затрыманых ну і што і вось быў такі стан паніка не тое каб я там бегаў па кватэры ну тое што трэба штосьці зрабіць але ніводнай ідэі таго што можна зрабіць. звычайна ў жыцці я так прыкладна ўяўляю што дзе адбываецца як на што можна паўплываць каб яно ішло ў патрэбным накірунку а тут яно не ідзе незразумела што рабіць…

я пачала ўсюды посціць інфу на ўсіх мовах у сеткі атрымліваецца і пайшла паралельна глядзець нейкую іншую інфу і з'яўляліся відосы і я вось так у комп вперыўшысь глядзела думаю ці знайду я ▇ у цябе была такая куртка якую я памятаю добра ў стылі макса каржа я яе адразу пабачыла ну але відосы ж са спазненнем посцяць на відосах ты яшчэ стаіш уся расхваляваная ў гэтай сваёй куртцы. пачалі мы абмяркоўваць ці паедзем мы ў раўс ці можа быць хтосьці са знаёмых ужо паехаў туды ну і мы проста сазвоньваліся з усімі хто там быў затрымалі ж шмат людзей то-бок там рэальна былі такія тусоўкі прабачце стаялі каля кожнага раўса ну вось мы з ▇ да ночы сазвоньваліся ну і проста людзей выпускалі пачкамі і мы спадзяваліся што цябе выпусцяць таму што нейкі папярэдні раз таксама пахапалі людзей і пасля ўсіх выпусцілі ноччу без грошай з тэлефонамі якія разрадзіліся ці без тэлефонаў бо на іх як бы ўмоўна накладзены арышт і таму рабяты вырашылі чакаць…

аўторак, 8 верасня

> Я ні на кога не гляджу і нічога не запамінаю, схавалася дзесьці ў куточку ўнутры сябе. Усё яшчэ толькі пачалося, а я ўжо хачу забыць гэта. Спадзяюся, як усе мы тут, што нас адпусцяць пасля складання пратаколаў, хоць глыбока ўнутры ведаю, што мне дадуць суткі. Нас заводзяць у спартовую залу, загадваюць выключыць тэлефоны і паставіць рэчы перад сабою. У некаторых няма ані сумак, ані заплечнікаў; іх рэчы – ключы, грошы, тэлефоны – складваюць у празрыстыя файлікі і сашчэпліваюць стэплерам. І вось яны ляжаць так на падлозе, як целы медуз… Малады мент з моднай фрызурай перадражнівае маю беларускую мову. Я перадражніваю яго ў адказ.

я збольшага правілы гульні зразумеў і ўжо ў руусе калі мы там стаялі на калідоры задача была максімальна закансервававаць сябе каб максімальна непашкоджаным прайсці праз гэта ўсё таму што сэнсу там канкрэтна на месцы для сябе канкрэтна я не бачыў брыкацца у іх як бы свая адкатаная сістэма яны проста цябе туды ўсаджваюць і ты па ёй коцішся далей як па канвееры і адпаведна калі ты будзеш там шырока расстаўляць рукі і ўсё такое то проста яны ў цябе абломяцца па ходзе язды па гэтым канвееры таму я максімальна заціснуўся як бы ўнутрана сканцэнтраваўся як бы эгрупіраваўся…

нас привезли в ▮▮▮▮▮ ▮▮▮▮ и нас там посадили в какой-то кабинет со стульями такой размером как класс учебный дали воды и ну стали опрашивать кого как зовут там место прописки где работаешь и так далее. потом снимали на телефон типа ты тоже крутишься говоришь как зовут где живешь   потом был какой-то опрос это всё короче было очень долго тоже уже начались дискуссии между мусорами и задержанными и я там дремала на стульчике а потом уже стало понятно что всё затягивается ▮▮▮▮ у себя нашла в кармане значок с погоней и думала как от него избавиться в итоге его в туалете выкинула а то щас привлекут за экстремистскую деятельность...

Усім мераюць тэмпературу. У мяне павышаная. Кажуць, што ўсіх з тэмпературай адназначна адпусцяць. Я і веру, і не, але хворай сябе не адчуваю; напэўна, тэмпература паднялася ад стрэсу.

у меня была температура 37.6 наверное где-то я даже не думала что она у меня есть но когда мне померяли когда мы стали в эту в шеренгу то я удивилась очень сильно наверное это из-за волнения но они подумали что возможно коронавирус и нас отсадили тогда отдельно ото всех...

я шчыра спадзявалася што цябе адпусцяць адразу таму ну я ехала проста цябе сустрэць. у мяне з сабою анічога не было я спачатку нават не ведала дзе той ▇▇▇▇▇▇ ▇▇ знаходзіцца. пэўны час пакуль не прыехала ▇▇▇▇ і ўсе твае сябры я там стаяла адна і не ведала што рабіць і куды прытуліцца спісаў не было вот яшчэ тэлефанаваў ▇▇▇ таксама ўвесь узрушаны а куды ехаць а што а як мы чамусьці лічылі тады што мы абавязаны прыехаць пастаяць пад раўсам...

я про твое задержание узнала вечером я сидела вышивала и готовилась к дворовой встрече и тут я узнаю что тебя задержали и мне кажется что я написала сначала твоей сестре но она мне не отвечала и я узнала что под ровд едут девчонки и решила что пока схожу на встречу а потом подъеду под ровд у меня было какое-то гадкое чувство что никого сегодня не выпустят потому что по фоткам это было абсолютно ужасно...

у меня на нервах поднялась температура...

У кабінет да следчага я іду адной з першых, таму што тэмпература. Кабінет следчага Макуха Андрэя Аляксандравіча. З ягонай рацыі я чую, як патрулююць двары, дзе збіраюцца людзі сваімі суполкамі. Ён называе тое, што мы робім, «детским садом» і давярае настаўніцам у школе, куды ягоная дачка пайшла ў першы клас. У яго дзве вышэйшыя адукацыі, і ён спрабуе пераканаць мяне, што наш бел-чырвона-белы сцяг – фашысцкі. Ён запытае: «Можете говорить по-русски?» Запытае, але не прымушае, за што, згодна з ягонай логікай,

я мушу быць удзячная. Як і за тое, што нас не б'юць. І за тое, што выводзяць у туалет.

нас водили в туалет всё это было даже предлагали курить людям курящим но тем не менее я считаю что даже если они относились лояльнее это всё равно ненормально потому что это в порядке вещей что тебя выводят в туалет или там дают покурить но почему-то это была с их стороны какая-то поблажка вот мы вам даем смотрите какие мы молодцы...

людзі якія насупраць жылі яны пускалі ў прыбіральню схадзіць калі што яны стол вынеслі ваду гарачую насілі каб людзі змаглі сагрэцца гарбатай ці там кавай нейкую ежу прыносілі людзям...

страхі канечне былі ў першую чаргу што фізічна ты пацерпіш таму што незразумела тут такі момант што рэальна логікі няма раптам хтосьці для іх становіцца раздражняльнікам ну вось тое самае як мы стаялі там больш-менш з усімі нармальна абыходзіліся адзін проста задаў нейкае пытанне калі складалі пратакол ці штосьці такое і яго за гэта там паставілі на расцяжку ну ў гэтую нязручную позу хадзілі яму ногі падбівалі яшчэ штосьці аднаму сказалі с тобой мы еще поговорим і вывелі кудысьці ну то-бок ты не разумееш у які момант што ў табе іх раздражніць і ты можаш пайсці і стаць ахвярай як бы гэтага больш жорсткага сцэнару і вось гэтая невядомасць і гэтая нелагічнасць вось хтосьці ім не спадабаўся і ўсё і можа быць гэты страх што гэта можаш быць менавіта ты хто трапіць у больш вузкую катэгорыю людзей якія атрымаюць па поўнай праграме. хаця безумоўна калі мы гаворым пра рэальнасць нармальную не скажоную не выкручаную шыварат-навыварат то ўсё гэта жэсць ну як бы ўсё гэта парушэнне правоў і на кожным этапе і гэтак далей…

прыехалі на ▓▓▓▓▓▓ ну і там было ўжо вельмі шмат людзей там была карацей тусоўка застаўлена ўсё нейкай ядой там нехта пастаянна прывозіў буцерброды з макдака каву там нейкіх шэсць зарадак паўзэрбэнкаў куча была і каторыя жылі ў гэтых дамах яны там выходзілі дапамагалі. у нас не было ніякай інфармацыі мы стаялі чакалі і нас было многа то-бок мы неяк трымаліся за кошт таго што нас многа цябе там чакала. узаемападтрымка вельмі давала пра сябе ведаць…

я пачынаю шукаць гэты вось лісцік з кантактамі які ў цябе на сцяне пачынаю набіраць нумары сястры сябровак яны такія да затрымалі мы ўжо ведаем. пачала рэчы збіраць а я ж не ведаю што табе там трэба будзе ў чым ты там пайшла і ты пачынаеш неяк на сябе гэта ўсё тыпу так калі б я там аказалася што мне было б патрэбна і вось па гэтым спісе ты пачынаеш усё ў галаве ў сябе складаць. ну гэта такая адказнасць ты адчуваеш тыпу так збярыся нельга расстрайвацца і трэба сабрацца. як хутка збіраць рэчы я вынесла з гэтага досведу. і вельмі было нейкае такое вось гэты момант настаў калі я камусьці рэчы складаю на перадачку вось і нешта з сабой узяла у раус самае неабходнае ў заплечнік усё склала і паехала...

адразу калі з'явілася інфармацыя пачалі ў суполкі ў фэйсбук у інстаграм пісаць людзі якія цябе ведаюць і там пытацца ці трэба дапамога а ці ёсць яшчэ інфармацыя што рабіць...

показывали я бы сказала такое к нам хорошее отношение подчеркнуто хорошее нас не оскорбляли с нами конечно проводили какие-то беседы околополитического характера причем с таким уклоном в заговоры какие-то в оплаты но конечно же это всё смешно слушается и вот когда смотришь на них такое ощущение что некоторые сотрудники просто выучили текст там даже интонация какая-то вот не расставленная и этот текст они тебе пересказывают а ты понимаешь что смысла там особо нет можно его хоть сто раз рассказать...

нейкі хлопчык выходзіў міліцыянт нешта нам казаў спісы будуць спісы будуць і так ён можа казаў тры гадзіны напэўна ці больш. людзі пачалі пытацца размаўляць з гэтым хлопчыкам што тыпу як вы можаце тут вось знаходзіцца вы што на іх баку вы ж ведаеце што там было якія падзеі адбываліся ў жніўні як вы можаце тут працаваць вось ён такі ну да я ўсё разумею але тыпу ў мяне ёсць сваё меркаванне на гэта і вось я слухаў розных людзей ну ў сэнсе вышэйшых там нейкіх начальнікаў карпенкова там вось гэтых вось і ён такі ну да канечне я ў чымсьці з імі не згодзен але ў цэлым тыпу яны правы ну і я проста ад гэтага дыялогу які там быў проста адстранілася таму што я зразумела што гэта ўсё бессэнсоўна але можа гэта і правільна што людзі спрабавалі нешта там патлумачыць і ўвогуле было так нармальна ён рэальна пытаўся іх выслухваць але сваё канечне тое што ім там прамываюць галавы проста такімі нейкімі завучанымі фразамі казаў…

Пратакол складалі доўга:

то ў іх папера скончылася, то пароль ад кампутара забылі, то прынтар не працуе, то формы пратакола няма… Дзесьці дні за два я прасіла ▇▇▇ парэпетаваць са мною выпадак затрымання і допыту, каб я запомніла, на якія законы спасылацца, але мы не паспелі, і цяпер я не ведала, як сябе паводзіць і што казаць.

ніхто нічога не казаў усе чагосьці чакалі абменьваліся спісамі хто дзе што вось і нейкая такая напружанасць трошкі канечне адчувалася што і ўвогуле гэтае адчуванне што тыпу затрыманыя там за гэтымі а ты тут стаіш на волі і ты не ведаеш што там з імі адбываецца нейкае такое неспакойна карацей было. нехта там абменьваўся навінамі хто ў якім раўс таму што пад'язджалі і сваякі і бацькі і сябры проста шукалі дзе людзі знаходзяцца таму што не ведалі…

спачатку мы дзесьці напэўна дзве з паловай гадзіны чакалі спісы каб яны дакладна пацвердзілі што ты там. адзінае што я з'ела гэта адзін бутэрброд нехта падзяліўся са мной пледам і а другой гадзіне ночы яго забралі таму што людзі ўжо сыходзілі і тры гадзіны я стаяла і мерзла ну таму што ў мяне літаральна нічога не было і для мяне гэта было цяжка таму што ў мяне ёсць я не ведаю што гэта за хвароба калі я доўга знаходжуся на холадзе ў мяне пачынае во тут во балець і я не магу ногі падняць. карацей я дастаялася акурат да гэтага моманту…

«Я гуляла ў раёне плошчы Перамогі і ўбачыла жанчын, якіх прыціснулі да сцяны, яны былі вельмі напужаныя. Я далучылася да іх, каб падтрымаць, таму што мне і самой было страшна…»

– запісана ў маім пратаколе.

честно говоря там был один который самый главный видно было что он много всего знает и два два других милиционера которые младшие один из них был очень активный и он прям старался всё сделать спрашивал у другого как составлять протокол он не знал как составляется даже переспрашивал у меня я не знаю зачем может это везде так делают но меня спрашивали например я блондинка ну то есть не знали мой цвет волос как назвать как-то странно это было один не умел пользоваться компьютером и он спрашивал у другого как составить то или иное поле. честно говоря видно что они не знали как выполнять свою работу…

в протоколе в итоге была там правда в основном ну только время там другое было но было написано что я кричала хотя в тот момент у меня болело горло и я не могла кричать то есть в тот момент я ничего не кричала я помню только как мы пели купалінку но из-за своего горла я не могла нормально петь жыве беларусь я тогда не кричала но они написали что я кричала что вела себя не очень хорошо. два часа по-моему составляли это очень долго для протокола…

███████ минус одна звезда из десяти. мы там сидели часов пять и ничего не происходило и нам не разрешали друг с другом разговаривать нас не выводили в туалет разве что под конвоем и нам еще надо было спросить и они бесконечно всё медленно делали они мне не показали ни одного документа. у них настолько были плохие процессы что они допросили только двух человек остальным всем написали что мы отказались от дачи показаний кому-то написали что я не доверяю суду или что-то такое…

мне дали два протокола собственно за марш и за сопротивление которого я собственно не оказывал. когда мне этот второй протокол дали я понял что я подписывать вообще ничего не хочу то есть я уже с обоими там не согласился мне сказали ни на что не повлияет и вот по самому следователю было видно что он как бы сочувствует переживает всё понимает но вот в такой ситуации находится. я попросил копии протоколов и он все-таки сделал мне копии но далеко не все получили копии протоколов...

я говорил да был на марше если вы считаете это маршем да я был на марше в поддержку марии колесниковой почему я не могу это сделать я не признаю свою вину я никого не бил я шел мирно со своей женой разговаривал с такими же вот нормальными людьми. я ничего не подписывал...

З заплечніка з сабою забіраю сухія і вільготныя сурвэткі, бутэльку з вадой і кнігу.

«Так ты подготовилась»,

– выказвае геніяльную версію следчы, калі я забіраю кнігу. Насамрэч так, я падрыхтавалася, бо рана ці позна мяне б усё адно затрымалі, і літаральна за некалькі дзён да гэтага ў адной з памятак я прачытала, што кнігу яны абавязаны дазволіць мне ўзяць з сабой.

аўторак, 8 верасня

там было две женщины которые
вещи описывали и кажется
что они должны быть с тобой
солидарны и вроде бы по-
доброму с тобой разговаривают
но с такой издевкой вот внутри
это так чувствуется. они такие
да вас никуда не повезут
можете вещи с собой не брать
ну и девочки не брали
и оказались на окрестина без
вещей которые им были нужны...

Кабінет, дзе мяне фатаграфуюць і дзе мне «абкатваюць пальчыкі» чорнай жыжкай, якая дрэнна змываецца халоднай вадой. Малады мужчына, які фатаграфуе, са спачуваннем запрашае нас частавацца цукеркамі і браць болей – для іншых таксама. «Фоткі дашляце? Для Instagram», – я жартую, адчуўшы давер, сутыкнуўшыся з адэкватным, як мне здаецца, чалавекам.

абсолютно адекватные они сказали что мы здесь не работаем
мы как бы оперативная группа которую прислали чисто для
всех этих мероприятий они так
вот себя позиционировали что
мы якобы не с ними а мы просто
вот на аутсорсе работаем нас
наняли вот конфетки угощай-
тесь зайчики такие...

Пазней, калі з кабінета выходзіць нервовы і злосны наглядчык у балаклаве, мы сапраўды глядзім мае фота. Я яшчэ не ведаю, што яны не маюць права мяне здымаць і браць адбіткі пальцаў да прысуду.

Але яны ведаюць... «Нядрэнна татуіроўка атрымалася», – жартую, разглядаючы здымак татуіроўкі на костачцы сваёй левай нагі. «А у него все, что ниже пояса, хорошо получается», – адказвае той, што здымаў адбіткі і з якім мы пару хвілін таму абмяркоўвалі фальсіфікацыі ў школах... Жанчына з іконай таксама тут і зноў чапляецца да мяне, абвінавачвае ў няшчырасці.

когда я уже была на описи вещей мне сказали снимать шнурки   там девушка такая молодая оформляла такая она   очень приторно вежливая была   там ей один мужик сказал типа девушка а чего вы такая радостная и довольная здесь что что-то классное происходит? она такая ой так а что мне нужно быть невежливой? ну это реально такой диссонанс был что типа мы тут все на окрестина едем вообще-то всей нашей охренной компашкой и такая вот малышка. она такая мне там шнурочки снимите пожалуйста а я так что меня в тюрячку везут? она такая а-ха-ха-ха как это вы сказали это слово тюрячка о-хо-хо-хо-хо-хо   я не знаю что с вами будут делать я говорю ну что меня сейчас тут выпустят без шнурков типа вам нужны мои шнурки?..

потом уже   после составления протокола один милиционер он сказал главному что у нас температура мы пошли где самый главный вход и милиционер попросил позвонить кому-то кому-то наверху отпускать нас или нет так как у нас коронавирус наверное. но в итоге когда этот охранник позвонил ему сказали нет и всё...

мы былі ўпэўненыя што людзей якіх першы раз затрымалі іх адпусцяць таму мы чакалі ну то-бок мы чулі гэтыя гісторыі што яны там могуць а другой гадзіне ночы адпусціць і чалавек будзе стаяць таму мы ўсе стаялі ну альбо хтосьці там дзяжурыць заставайся. ну мы стаялі да самай раніцы...

Мая тэмпература ў норме. Я вяртаюся ў залу, і той самы мент з моднай фрызурай забірае ў мяне матузкі ад кедаў. Я разумею, што надоўга тут, таму вырашаю ставіцца да сітуацыі як пісьменніца – назіраць. У мяне ёсць магчымасць пабачыць, як яно ўсё працуе знутры, і расказаць пра гэта.

я в каком-то смысле испытала облегчение потому что в жизни больше всего пугает неизвестность воображение иногда рисует хуже чем оно может быть на самом деле то есть когда я там побывала и узнала что это такое мне в следующий раз было проще на самом деле выходить...

нас привезли в ▓▓▓▓▓▓▓ рувд и я впервые увидела работу рувд. кажется что это всё так четко структурировано по форме то что увидела я что системы нет   что такое ощущение что связи между милиционерами нет   вот они сидят они вызывают как-то так отпечатки кто еще не сдал? то есть ощущение что вот они приходят к тебе и спрашивают хорошо что у нас люди беларусы добрые ведь кто не сдал отпечатки там я я ну у меня было ощущение что если бы не наша какая-то помощь они бы даже не сориентировались как же это всё сделать? было ощущения что сами милиционеры они такие уже привычные к этому всему они такие уставшие им так уже всё надоело эти протестующие потому что я знаю что даже вещи оформляют как-то вот каждый предмет медленно пишут там что-то смотрят и я просто на это смотрела и мне казалось что всю эту работу можно сделать при должной организации за час максимум а нас там держали часов может пять…

і можа дзесьці а першай ночы ён вынес спіс каго паспеў запісаць таго запісаў   чытаў вельмі хутка і то там няправільна нейкія прозвішчы называў ці імёнаў не было і ты не ведала дакладна гэты чалавек не гэты чалавек вось і мы тады запісалі проста што ён кажа каб пасля расшыфраваць гэта скінуць вясне і так некалькі разоў ён хадзіў перапытваў наконт імёнаў ці прозвішчаў яшчэ дадаваў людзей туды ў гэты спіс зноў прыходзіў чытаў…

с нами сидела учительница которой шестьдесят пять лет и у нее сильно повысился сахар ну естественно искали медика не нашли и сидела с нами девочка лет ▇ и мы говорим что нет мы ее не отпустим на допрос потому что ну мы боимся ее отпускать вызовите родителей потом они в итоге смирились вызвали родителей родители приехали ее забрали а эту женщину с сахаром тоже приехала скорая ее забрала и увезла...

самыя жахлівыя моманты былі калі двойчы прыязджала хуткая ну таму што мы ж мы не ведалі што з вамі там робяць. і хуткія гэтыя стаялі там хвілін па сорак і ты вот хвілін сорак стаіш і молішся ну толькі б не ▇. ну гэта такі ведаеш ну напэўна гэтая гісторыя мне патрэбная была ну бо вось ёсць у цябе сябры і ёсць ну і ты неяк не задумваешся там ну ёсць яны яны класныя і ніколі не засяроджваешся на тым што ты адчуваеш і ці адчуваеш ты ўвогуле ну нейкая руціна такая. а вот тады я стаяла і ледзь не плакала таму што я не магла сабе ўявіць што з табой нешта здарыцца...

скорая приехала в какой-то момент потом увезли приостановилась и сказала кто там и в какую больницу едет. потом приехали автозаки. в какой-то момент мы уже просто пошли в машину потому что холодно уже ноги подмерзли я их в свитер засунула...

мне запомнилось как мы жались друг к другу когда было холодно   там было очень холодно и когда шнурки тем более заставили снять и из-за этого тоже было холоднее…

мы же были тогда еще в туфлях это же начало сентября и уже когда сидели в рувд было ощущение что холодно ногам   и я знаю что ▇ передали носочки и она увидела что у меня голые ноги и она мне носочки свои отдала   и это как-то так трогательно потому что ты видишь что   у человека самого нет практически ничего а он делится с тобой и   моментально из посторонних людей вы превращаетесь в очень близких…

С ними там всё нормально, хотят заказать пиццу. Так мы поняли, что вы голодные и родители взмолились передать хоть что-то из того, что принесли волонтеры. Но все наши просьбы разбивались о стену.

мы успели все поперезнакомиться   обменивались опытом разговаривали шутили смеялись а напротив нас сидело три-четыре сотрудника очень угрюмых похожих просто на кучу мусора   смотрели на нас ну я думала что с завистью потому что им скучно очень было…

Над дзвярыма, якія вядуць са спартовай залы ў калідор, матляецца сабраная валейбольная сетка, і трэба прыхіляцца, каб не заблытацца, праходзячы пад ёй, але кожны, хто праходзіць у дзверы, чапляе яе і вымушаны выблытвацца. Я гляджу і гляджу гэтае кіно, гадзінамі, страшэнна хочацца ўсё запісваць, але ручкі няма, і я спрабую запамінаць – паўтараю, пракручваю ў галаве дэталі шматкроць.

я там всё время старалась шутить предлагала им эту сетку натянуть в волейбол поиграть. мы сидим уже там спать невозможно расслабиться невозможно стал напротив меня какой-то мент я говорю давайте сетку натянем в волейбол поиграем он с перекошенной физиономией посмотрел нет я говорю фу скучные вы. они не склонны были к шуткам они были все какие-то очень напряженные...

справа от входа в актовом зале был такой иконостас милиционеров лучших да ну то есть просто доска почета милиционеры а над входом вот прям над входом в актовый зал икона а я реально такого никогда не видела то есть вот икона и ровно справа эти милиционеры. а еще у них такой интересный чуть в глубине этого зала рыцарь средневековый рыцарь ну я так понимаю что он тоже символизирует такую рыцарскую честь и благородство присущие милиционеру как милиционерам хочется верить...

мы сидели в актовом зале ну вот эта дебильная
ситуация мы сидим там менты напротив за нами
смотрят а тут типа эта клятва написана присяга
господи это было так смешно мы просто там
с девочками сидели читали ее вслух и угорали
это было очень смешно и   обратили внимание что
убрали со стендов все портреты и имена фамилии
работников   это было забавно…

там в ровд с нами нормально обращались   но было отвратительно
когда   нас заводят и   мужик такой типа ой девушка вам бы на сви-
дания ходить а не по ровд   и так   захотелось ему врезать…

«Какая красивая получилась бы свадьба:
я в форме, ты…»

– той самы малады мент з моднай
фрызурай фліртуе з нашай дзяўчынай.
Яна адказвае яму і пасміхаецца, я нават
не слухаю далей. Нядаўна сяброўка
з Даніі расказвала пра датчанак,
якія ўступалі ў стасункі з акупантамі
падчас Другой сусветнай…

девушка которая сидела где-то через три человека от нас к ней приставал милиционер мне это запомнилось очень сильно потому что для меня это было какой-то дикостью   как он говорил что он ее спасет или там я не помню дословно какие там были слова но мои впечатления того что говорил что он спасет когда он ничего не может сделать точнее он бы мог что-то сделать но он не делает этого а просто говорит какие-то слова непонятно зачем непонятно для чего   говорит что учился на юриста и   я не понимаю каким юристом он мог бы быть   я не могла понять как на четвертом курсе человек по-моему он говорил что на последнем курсе думает совсем иначе и понимает наверное я думаю что он понимал что нас ни за что как бы сюда привели но   тем не менее он всё равно   всё равно   выполнял свою работу   всё равно ее делал...

там было гэтыя два мянта   каторыя стаялі і давалі нам інфармацыю пра затрыманых. адзін такі тупаваты з камерай   ён нас там здымаў   усё што мы казалі і другі малады такі прыемны ну такі знаеш не праціўны   з ім было нармальна размаўляць але ён спрачаўся відаць яму было сумна ну ведаеш цікавей жа размаўляць з людзьмі ці спрачацца чым проста стаяць. у нас там былі такія дыскусіі проста ааа ну ў яго быў аргумент што   вось мянтоў збівалі амон збівалі   яны такія траўміраваныя   няшчасныя   а мы такія вы ўвогуле разумееце што затрымліваюць жанчын   ціпа ну як яны вас могуць збіць. а так ён увогуле ўсё штампамі штампамі нават трохі было яго шкада што ён гэтымі штампамі размаўляе і тыпу я никого нигде не бил. на мяне ўвогуле ён да вы провокатор але я так разумею што ён трохі фліртаваў   ну тыпу ведаеш дзяўчына было бачна што яму цікава   плюс я доўга стаяла...

пока мы
ждали там такой
молодой ментёныш он короче
устроил что-то типа шоу давай поженимся
он там из задержанных каких-то молодых парней
типа сватал к девчонкам и короче он такой по знакам зодиака
спрашивал и гуглил совместимость знаков зодиака и говорил нам
всё это. ну он был самый нормальный и самое хорошее что он сделал
это он дал позвонить со своего телефона потому что телефоны у нас
забрали еще в первом рувд и родные не знали что нас перевезли.
в принципе это было развлекательно то есть время прошло быстро
из-за того что какой-то цирк он устроил. мы и на серьезные темы
пытались спрашивать там про его жизнь почему он в этой системе
он сказал что он спортсмен с юношества спортом занимается на
бильярде играет и за границей был два раза на соревнованиях и
короче там везде так галимо такого нам не надо…

лично мне этот момент абсолютно не понравился то что он там
начал пытаться пары сводить всем так забавно было а вот меня
прямо передергивало как будто ау как вы с ними в принципе общаетесь да почему вот вам смешно меня это прям задело будто
вот пытаются дружить с врагами…

вельмі розныя адносіны да дзяўчат і да хлопцаў ну хлопцаў там маглі і на расцяжку паставіць і гаркнуць і не дазвалялі там ні сесці ні да
вакна падысці а дзяўчатам нармальна можна было і пашаптацца
і мы сядзелі амаль увесь час там на крэслах…

помню этого молодого мента я помню что он как бы говорил что мне всё равно кто будет говорить мне из телевизора то есть мне всё равно кто будет сидеть наверху мне вот главное я сейчас получаю девятьсот рублей мне этого хватает а что будет дальше я не знаю мне главное чтобы моя семья была обеспечена и я был обеспечен но насколько я понимаю у него еще нет семьи он еще учится учился практику проходил…

он как дед такой старый какой-то мусорок он такой сидел потом такой ой девочка так а сколько тебе лет? я говорю ну тридцать он такой так а муж а дети? я говорю типа нет так а работаешь ты где? я говорю ну в IT так а зарабатываешь ты сколько? говорю много так а что же вы так как же так получается я говорю ну вот так вот дедуля как бы доброе утро. он такой был о господи конечно как будто протрезвел

а тут апокалипсис…

аўторак, 8 верасня

Людзі сыходзяць і вяртаюцца, на нашай лаўцы іх робіцца ўсё болей, а на супрацьлеглай – усё меней. Я спрабую чытаць ці спаць, на размовы не застаецца сіл.

адпусцілі тых у каго
непаўнагадовыя дзеці і адну
адпусцілі проста так мы так
вельмі здзівіліся...

познакомилась я там с ближайшим человеком раззнакомилась мы всю ночь болтали какой-то бизнесмен оказался который просто пришел из любопытства туда посмотреть. то есть ему надоело читать телеграм-каналы и он пришел посмотреть как оно вообще всё это происходит...

разговаривали сидели все очень грамотные люди процентов девяносто пять с высшим образованием все здравомыслящие понимающие что происходит и главное ни у кого не было настроения какого-то негатива все уверены в своей правоте и в своем вот этом внутреннем духе как бы энергии которая вот перешла от всех этих маршей от всего что происходило до...

сам процесс оформления тоже это ну это как-то я не знаю меня оформляли в одном кабинете с каким-то мужчиной он был очень нервный а мне было спокойно и смешно и противно потому что очень скользкий мент у меня другого слова нет оформлял и пытался мне там вставлять мозги за сестру ну не знаю как бы пытался на меня давить и вызвать во мне чувство вины из-за того что сестру задержали что я виновата что я ее потащила а знаю ли я как это опасно вот и мне нужно подумать над своим поведением ну я как бы я пыталась спорить но это было четыре утра он был жутко усталый я тоже вот и как бы сказала что да я была на митинге не отрицаю и я была уверена что нас всех отпустят потому что нас было сколько там около сорока человек или тридцать и все женщины и как бы мысль что нас сейчас повезут на окрестина мне казалась еще более абсурдной но абсурду не было предела...

Гадзіне а чацвёртай раніцы некалькі супрацоўнікаў пачынаюць складваць у каробкі нашыя рэчы. Хтосьці з затрыманых здагадваецца, што мы едзем на Акрэсціна, але я да апошняга адмаўляюся гэта прыняць.

я вообще ожидала что нас отпустят почему-то ну судя по рассказам что девушек отпускали и учитывая то что мы практически ничего не делали такого да мы просто ходили по улице не нападали ничего но я же знала что всё равно могут то есть у меня было подозрение что могут но почему-то была уверена что нас не повезут и поэтому была спокойна хотя когда вот начали строить уже говорить имена фамилии и строить вроде там стена была где-то в трех-четырех шагах тогда я сильно удивилась можно сказать на две минуты испугалась но потом уже собралась и всё было хорошо...

как я понимаю это было не решение не конкретно тех кто в рувд а приказ сверху потому что когда мы выходили в туалет там начальник вот этот начальник из рувд который такой адекватный ходил и звонок был и он такой а этих? так что всех на окрестина? слышно что да всех на окрестина...

Мы рухаемся да сцяны, спрабуем не згубіць абутак (без матузкоў) і становімся ў чатыры шарэнгі, спіна ў спіну. Нас выводзяць і садзяць у круглы старэнькі аўтобусік. У ім завешаныя вокны і мала месцаў, мы садзімся па трое...

и мы   поехали
на окрестина…

            я еще помню когда
            мы ехали у меня же
            рядом дом и я помню
            как я о я б сейчас
            спала в постельке…

калі выязджаў гэты ваш аўтобус я ведала што гэта ваш аўтобус таму што да гэтага выехаў аўтазак роўна а першай гадзіне ночы. і там заставаліся тры жанчыны ў гэтым раўсе і гэтыя піздзюкі ўсё адмаўляліся нам назваць прозвішчы хто застаўся. а быў побач са мной быў мужчын які жонку чакаў жонку затрымалі і мы з ім папарна хадзілі ўглядаліся туды і спрабавалі нешта разгледзець а я ні храна не магла там разгледзець і мы бачылі толькі гэты жаночы сілуэт і даўмець што там адбываецца і ці падобны гэты сілуэт да кагосьці з нашых...

короче там у нас было трое женщин у которых дети которых должны были отпустить до двенадцати часов якобы а они такой сделали финт ушами не знаю это было целенаправленно или по глупости в общем наши вещи погрузили вместе со всеми остальными и увезли на окрестина. и когда всех остальных увезли нам говорят ну всё идите домой я говорю вы издеваетесь я тогда не знала в курсе ли мой муж приедет ли за мной кто-нибудь я говорю у меня нет ни денег ни телефона ни карточки как вы мне предлагаете вот так вот в ночь уйти. он такой ну хорошо вы типа посидите ваши сумки машина отвезет и привезет обратно. еще час прождали дергали там этого дежурного наконец он позвонил на окрестина сказал не машина еще там и даже еще не выгрузилась и мы решили тогда в ночь уйти. вот вышли а оказалось что всех нас ждут за нами приехали мужья. в общем нас благополучно разобрали и развезли по домам...

прачынаюся ад таго што святло фар мне ў вочы б'е вось і прачынаюся і бачу што выязджае аўтобус гэты белы такі вокны завешаны канечне...

мы такие сразу ой что везут куда везут вроде как кого-то везут надо ехать. они ехали довольно быстро пару раз он проехал на красный мы уж решили что нам-то нельзя и пришлось остановиться такое чувство было что водитель видел что мы за ними едем и хотел от нас удрать но не удалось. а еще в какой-то момент вместе с нами мотоциклист за автобусом ехал. пару мы раз думали что уже всё потеряли но где-то видимо ему пришлось остановиться на светофоре и мы его догнали у нас как раз зеленый был вот. приехали мы на окрестина остановились где-то там автобус какое-то время тоже постоял пока ему двери открывали мы так вылезли из машины смотрим в окна может кто-нибудь там это выглянет но вам наверное нельзя было выглядывать хотя пока мы ехали кто-то там на заднем сиденье видимо пытался нам дать понять что да-да мы тут. автобусик заехал двери закрылись и как бы ну всё...

вот мы едем в автозаке ты едешь по улицам минска представляешь где тебя везут примерно и такое ощущение что вот ну как будто прощаешься на время с этими улицами и с прогулками...

а там круглосуточно дежурили волонтеры какую работу делали просто сидели ночью холодом сидели и новости собирали. мы к ним подошли они нам сказали на какие чаты подписаться мы на всё подписались они нам говорят честно лучшее что вы можете сейчас сделать это поехать домой и поспать...

я пришла и я легла
со своим сыном
и я вот думала
не дай бог чтобы
он когда-то попал
в такую ситуацию
пережил какие-
то такие события
которые не должны
люди нормальные
мирные переживать
и я думала что какое
счастье что я сейчас
с ним что я дома что
могу его обнимать и я
не могла насытиться
и дочку тоже...

мне ўсю ноч проста сніліся жахі што хтосьці ломіцца ў маю кватэру і я не магла прыйсці ў сябе яшчэ доўгі час. да гэтага ў мяне не было патрэбы што-небудзь павесіць на акно вось пасля таго што я бачыла на машэрава мне трэба было каб выйшаў мой стрэс кудысьці ў мяне былі белыя і чырвоныя ніткі тоўстыя такія вязальныя і я на металічнай канструкцыі балкона намотала з нітак бел-чырвона-белы сцяг. для мяне гэта як медытацыя была злосць вось эту бяссілле крыўду я пакуль абкручвала гэту канструкцыю мае часткa перажыванняў прайшлі але я кажу што спала я кепска было жаданне і дзверы забарыкадзіраваць...

это самое отстойное вот когда ты лежишь и думаешь почему я не могу ничего сделать и ничем помочь? я сама себе ▓▓▓▓ ты хотя бы знаешь где она на следующий день попробуешь что-то сделать я себя убедила удалось заснуть...

я вярнулася дадому а пятай раніцы і я настолькі змерзла што хоць вельмі хацела спаць я пайшла ў ванную і напэўна яшчэ хвілін сорак я не магла адагрэцца...

Вось я і пабачыла Акрэсціна... Белыя сцены і дрот, неба высока, і нас клапоцяць абсалютна зямныя рэчы: з кім мы патрапім у камеру. Запускаюць па трое, таму мы спрабуем раздзяліцца так, каб быць разам з тымі, з кім пасябравалі ў РУУСе ды ў аўтобусе.

мне было намного легче потому что я была с вами и поэтому мне было хорошо но я не понимала что я здесь делаю то есть у меня было такое чувство что я попала куда-то не туда и я не до конца верила что я тут я не знаю как это объяснить просто как будто я в дымке какой-то и это происходит не со мной но происходит ну как-то участвую и говорю не я и не я вообще. я не пугалась нет у меня не было никакого страха у меня просто даже не знаю я помню как мы смеялись смеялись от всей ситуации помню когда нас повели всех девушек возле получается здания и там были эти белые стены вокруг и на улице ну в общем мы там стояли и смеялись от всей ситуации...

нас привезли темно было выстроили вдоль стены и мы стояли вдоль стены они там чё-то ходили кого-то оформляли то есть ты не мог повернуться ну во-первых паника ты стоишь и ты не понимаешь вот они мимо тебя проходят туда-сюда ты не понимаешь что вообще будет потом начали по несколько человек вызывать пошли пошли остальные оставались...

я даже не знала где находится окрестина первое впечатление ад. я была готова к тому что меня будут бить я просто это как бы это приняла и всё...

там нас во дворе выгрузили там такое тусклое освещение было и конечно уже было трохі не по себе...

Я круціла галавой і разглядвала ўсё вакол, асабліва калі чула гукі за спінай. Гэта псіхалагічная самарэгуляцыя: зарыентавацца, дзе я знаходжуся. Не выпадаць у стан, дзе мяне паралізуе трывога. Наглядчык крычыць мне: «К стене повернулась, что смотришь!» Я тады спакойна разварочваюся назад да сцяны і адчуваю, што мушу супраціўляцца. Я выбрала для сябе ўсе тыя дзевяць дзён не глядзець роўна ў сцяну, а паварочваць галаву і разглядаць людзей побач і трымаць рукі апушчанымі ўздоўж тулава, не скрыжоўваць іх за спінай, пакуль мне за гэта не прыляціць. Некалькімі хвілінамі пазней ён гаворыць мне, што ў арміі звароту ласкавейшага за «уёбище» ніколі не чуў, але сам нікога не абражае, калі нехта першы не абразіць яго.

Спакойна паварочваю твар назад да сцяны, не спяшаючыся выканаць каманду, і ганаруся гэтым малюсенькім актам супраціву, нібы вялікай унутранай перамогай. Інтуітыўна, таму што стомлены мозг амаль спіць.

Мой апошні каханы карыстаўся такой тактыкай па жыцці: робіш штосьці, не пытаючы дазволу, і выбачаешся, калі хтосьці захоча спагнаць з цябе за гэта. Я заўжды зайздросціла, што ён так умее, але аказваецца, любыя веды, нават тыя, якія ты атрымала толькі назіраючы, аднойчы могуць табе спатрэбіцца.

как бы запрещали только перешептываться если там кто-то отклонялся там разгибал руки ноги то как бы вроде вопросов не было...

я помню одного мужика у меня были бчб ногти и он заметил и мне стало очень страшно потому что он меня спросил чего они не зеленые и мне стало очень некомфортно потому что я слышала ужасные истории про это всё...

я вообще ехала туда с нормальным настроением мы с девочками разобщались в ровд ехали шутили хохотали и мусора которые с нами ехали они тоже улыбались всё такое и потом мы приезжаем заходим настроение у нас не меняется и там девочка что-то сказала другая начинает смеяться и этот чувак в балаклаве как гаркнет на нас типа чё вы ржёте вы чё не знаете куда попали быстро лицом к стене и вот в тот момент было напряженно потому что ты почувствовал эту власть и понимаешь что она безгранична и что им ничего никогда за это не будет и тогда вот да было страшно...

Павярхоўны агляд. Куртка, кішэні, штаны, абутак. Нешта падпісаць. Вярнуцца ў калідор.

нас начали проверять по-моему там сидел милиционер и женщина милиционер была и они удивились спросили я помню такие молодые или что-то такое и получается что когда они нас записали меня повели проверять и мы тогда же были вдвоем мы вошли и она ощупала всё проверила и спросила ты на каком курсе учишься? я говорю там на ▇▇▇▇ на ▇▇▇▇▇▇ ▇▇▇ вроде бы то ли она пожалела я не помню ее слова но меня тогда это тоже удивило что человек понимает всю абсурдность ситуации но всё равно продолжает это делать и я помню да вроде бы она меня пожалела она сказала что вот зачем наверное потом будут с этим проблемы ну что-то такое она сказала…

стояли в коридоре нам еще этот чувак давал маски мы по-моему с ним даже поговорили о чём-то. мне на самом деле всё еще не было страшно потому что я такая ну нет ну не может быть на окрестина да не вряд ли. страха не было и я скорее там смотрела на коридоры на эти обшарпанные по-моему ты еще сказала что они очень какие кинематографичные…

Агляд. У невялікі кабінет нас запускаюць па двое. Раздзявацца цалкам. Я перапытваю: «Цалкам?» – «Да». – «І майткі?» – «Присела. Пятки. Вторую. Не спи!» Цешыцца сваёй уладай над намі.

«Вы еще вернетесь, вам здесь понравится, вот увидите».

тады было гэта поўнае распрананне прысяданне але тады начальнік змены быў лагодны і я пасля толькі зразумеў у чым сакрэт тойсць ён сказаў ну всё хлопцы типа ведите себя нормально мы тоже будем с вами нормально усім раздалі бялізну калі ласка матрацы спіце ну і ўвогуле яны былі прытарна салодкія...

был мужчина без балаклавы который сказал что будете себя хорошо вести пойдете в суд сегодня а если будете плохо себя вести то в течение трех суток будете здесь находиться. нас проверили выдали нам пакеты и отвели на первый этаж. было страшно потому что там сотрудники эти окрестина они ходили в масках балаклавах...

мы выстроились вдоль стены там чё-то перешептывались и потом   вчетвером девушек в отдельную камеру отвели...

мы все были уставшие нас четверых завели в пятиместную. всё как ты и представлял то есть наверное к этому моменту уже пришло

осознание смирение такое...

нам далі адразу на ўваходзе перадачку ад валанцёраў там з першымі неабходнымі гігіенічнымі штукамі і пасялілі ў камеру ў якой спала адна дзяўчынка яна там ужо такая як свая ўсё там расказала што як і нам было так ужо спакойна…

дальше там меряли температуру спиртом на руки накапали   но не досматривали подробно   мы не раздевались   может карманы только проверили   сказали если что-то есть из еды можете с собой взять а остальное всё забрали и дали с собой всякие мыльно-рыльные   прокладки всякое такое. и   там вот был какой-то чувак   который сказал что его зовут коля он был без формы и еще чувак такой жирный в форме   у него была расстегнута ширинка и я говорю типа чувак у тебя ширинка расстегнута   он начал ее застегивать и такой ох уж эти айтишники они усё видят говорю так а почему айтишники? а других не привозят вот и короче этот коля повел   и я просто рядом с ним пошла   и он мне начал рассказывать как тут всё устроено типа давай ты не буянь давай нервы друг другу не портить   суд должен быть в течение трех суток я тебя в камеру к девчонкам отведу   там всё есть…

я попросила чтобы ▮▮▮▮ к нам в камеру подселили мы могли бы на одной кровати спать он такой вам может и нормально а нам эти ваши извращения не нужны. я конечно очень расстроилась...

меня он отвел на третий этаж где уже тоже были девчонки с того же самого шествия и была девочка которую задержали раньше и у нее там была еда всякая а я иду и понимаю что столько времени прошло уже жрать хочется она короче меня покормила ну у меня если честно не было сил и желания на какую-то рефлексию или чтобы хотя бы даже минимально охуеть где я оказалась я почистила зубы легла спать...

У камеры
нас восем.

Мы не адразу засынаем – агледзеліся,
заслалі пасцелі і трошкі пагутарылі.
Я чакала, што коўдра будзе пахнуць як
мінімум потам, можа быць, мачой і можа
быць, што на ёй будзе кроў ці нешта такое,
са жніўня, але ў ёй толькі чужыя валасы.
Дзякую сабе, што адзетая ў байку
з капюшонам, і капюшон –
як кокан, куды я магу схавацца.

я не увидела я почувствовала запах а это вообще самое ужасное там. на окрестина есть несколько этажей и они разнятся по уровню комфортности есть третий этаж который комфортный и второй этаж очень не комфортный там всё воняло куча крошек какая-то паутина тараканы туалет не работал но я сразу подумала про тех людей которые сорок человек находилось в одной камере потому что ну там же очень мало места я не понимаю как там поместилось такое количество людей…

аўторак, 8 верасня

было очень холодно из-за этого было сложно заснуть но мне удалось поспать не сразу я заснула но удалось а там кстати впервые ну я была на позитиве на позитиве а как только я легла я поняла как бы серьезность ситуации вообще где я кто я что я сделала вспомнила всё то есть осталась наедине и по-моему даже немножко поплакала потому что из меня этот стресс он как-то вылился весь не то чтобы мне прям плохо было просто вышли эмоции которые я испытала за последние несколько часов...

честно говоря я уже была готова на все худшие условия реально я уже думала буду без матраса спать всё хорошо ладно я уже свыклась с мыслью что всё будет плохо и   когда пришла увидела что матрасы есть я очень удивилась. было холодно но мы спали в куртках я не снимала ничего   только разве что обувь...

было очень холодно мы еще боялись пользоваться пастельным нам казалось что там везде какие-то блошки там еще кто-то более страшный поэтому мы не накрывались вот этим одеялом теплым и мы накрывались какими-то там своими плащиками мы с сестрой спали на одной шконке мы просто обнимали друг дружку и я помню что точно эта ночь была очень длинная потому что вот как-то постоянно просыпаешься и вот просыпаешься ты видишь камеру а всё равно нет ощущения реальности...

я помню что мы засыпали с мыслью что ну завтра суд и что осталось час поспать получится ли поспать...

атрымаўся вельмі доўгі дзень...

Как и все, надеюсь, с тобой нормально обращаются и скоро отпустят. Переживаю.

серада

9 верасня

серада, 9 верасня

Пад'ём а шостай раніцы. Не ўсе дзяўчаты прачнуліся яшчэ, значыць, можна спакойна схадзіць у туалет…

мне было так странно то есть если я пойду в этот туалет и перед всеми мне было так ну очень не то чтобы стыдно так как это обычная вещь просто то что рядом очень много людей и туалет находится именно в камере хорошо что он был закрытый вот это хорошо но так да я стеснялась…

я была в очень узком платье и я не могла спустить в туалете потому что там нужно было спускать ногой потому что если рукой то тебя обдаст полностью водой а я не могла ногу поднять. мне девочки поделили какую-то одежду леггинсы и майку потому что им передали уже ночью успели…

Прыносяць два боханы хлеба – белы і чорны – парэзаныя на восем частак. Есці іх не хочацца, бо яны вельмі чэрствыя. І я трохі грэбую, бо не ведаю, дзе яны былі да гэтага, ці чыстымі рукамі іх рэзалі хаця б і колькі ім увогуле тыдняў.

Пасля прыносяць ліпкую аўсянку на вадзе і вельмі салодкі чай… Я спрабую паесці, але хутка здаюся. Аб кубачак можна пагрэць рукі: алюмініевы посуд лёгка аддае цяпло.

я помню еду именно овсянку ужасную я ее там две ложки съела не доела в итоге съела хлеб и чай я была благодарна этому хлебу чаю не знаю я хлеб по сути очень редко ем а в этот раз был очень вкусным вот и пила чай он был очень-очень сладкий…

помню что утром нас не поднимали в шесть как обычно на окрестина подъем хлеб принесли чуть позже часов в семь или ближе к восьми. я просто помню что вот нас не будили то есть нам привезли завтрак кашу и чай я поела потому что поняла что ну во-первых была голодная потому что в день моего задержания я ела только утром завтрак и я на самом деле из-за всего этого стресса голода не чувствовала но утром почувствовала поэтому поела…

серада, 9 верасня

когда нас разбудили я впервые это почувствовала когда ты не понимаешь который час   в тюрьме у всех это не знаешь который час ты даже не представляешь какое время суток потому что ну еще темно нас разбудили и нам принесли завтрак   причем как-то в духе девчули вот вам завтрак и это была овсянка с хлебом а нам не дали ложки а мы спросонья   короче мы просто ели овсянку хлебом ну разламывали хлеб и ели   и вот мы уже съели эту овсянку и нам дают наверное чай и этот мужчина   охранник говорит девчули так я вам ложки не дал а мы даже не додумались попросить потому что нам казалось мы же в тюрьму попали ну не дали и не дали…

проснулась от того что   начали разносить   завтрак   и этот чел нас так очень вежливо и как-то ласково поприветствовал   девочки доброе утро   чаёчек там вот это вот всё…

122

Ускарaskваюся на драўляную тумбу, а з яе – на сваю верхнюю шконку і занураюся пад калючую цёмна-сінюю коўдру, не здымаючы курткі і нацягнуўшы на галаву капюшон белай байкі.

я помню заглянул мужчина и сказал что типа девочки не переживайте вы щас всё быстренько сделаем быстренько вас посудим. ну я поела и полезла дальше спать...

я проснулась в шесть утра потому что нервничала чтобы посмотреть что написали но в общем написали что никого не выпустили и я поняла что нужно ехать на суд...

лягла я спаць але паспаць у мяне не атрымалася таму што нервы і я прачнулася дзесьці а восьмай і ну я не ведала што цяпер рабіць...

я естественно после этого отсыпалась там просыпаюсь от того что там у меня под дверью спальни кто-то скребется а у меня четверо детей они не могли дождаться пока я проснусь и они наконец проскреблись кинулись все ко мне смотрели на меня просто я для них была таким героем с таким восторгом на меня смотрели конечно самый приятный момент во всём этом мероприятии. у младшего сына синдром аспергера это такой легонький аутизм он замкнут на себе эмоции других людей почти не понимает хочешь его обнять и видишь как это ему неприятно так вот когда мои дети пришли ко мне в спальню утром ▇▇▇ взял меня за руку и со слезами в глазах сказал мама я так за тебя волновался... и мы с ним обнялись...

123

красивый, сухой, солнечный день этой странной осени. сижу на кухне, пью чай и думаю, какую тебе там будут давать кашу. а кровать есть или нету? а подушка? а одеяло? самое главное, чтобы не били. эту мантру повторяют все. как быстро изменилась система ценностей.

Мяне першую з нас васьмі выводзяць з камеры:
«С вещами на выход». Усе мае рэчы – пачак сухіх
і пачак вільготных сурвэтак, бутэлька вады і часопіс
перакладной паэзіі. Захоплiваю таксама бялізну –
так і буду з ёй сядзець пад кабінетам, дзе пройдзе суд...

У калідоры дзяўчат ставяць тварам да
сцяны, а каля супрацьлеглай сцяны
стаяць хлопцы, і я бачу свайго калегу.
Сустрэча з кімсьці знаёмым тут выклікае
ўзрушэнне – можна перакінуцца словам,
але я перажываю: калі мы абодва тут,
то хто там робіць нашую працу...

я ўжо нічога не паспявала з іншым хаця працы было шмат і пры гэтым вы вось там мы ўсе на стрэсе ну і канечне ціснула з усіх бакоў і тое што вас затрымалі і вы за кратамі і тое што вас няма і трэба пераразмяр-коўваць задачы. мы проста не спраўляліся з тым валам паведамленняў запытаў на розных мовах прытым што і нашых скілоў не хапала апера-тыўна адказваць і займацца іншай часткай працы...

Судзілі мяне адной з першых.

серада, 9 верасня

мы были на низком старте чтобы если что на машине подъехать тебя забрать...

когда ты первая пошла мы почему-то думали раз нас после забирают значит у тебя какая-то иная ситуация ну я помню что тебе помимо основной статьи дали еще за неповиновение...

Вядома, я спадзяюся на штраф, але глыбока ўнутры ведаю, што дадуць «суткі».

когда мы лежали и когда нечего было делать очень много мыслей приходило в голову и честно говоря мне кажется именно вот это вот то что я могла там подумать как ни странно обо всём этом обо всей этой ситуации что нужно всё равно двигаться дальше совершать какие-то шаги и в плане для нас для всех беларусов и в плане для себя очень это время дало мне много размышлений то есть плюс в этом был...

серада, 9 верасня

мы   нашли швабру в камере такую ярко-розовую   раскрутили ее и палку в окно высунули стали колотить об решетку   нас там люди увидели которые уже собрались   махали нам   потом оказалось что у одной   чувихи под майкой спрятан бчб флаг она говорит давайте высунем помашем   мы там стали думать что лучше не стоит   потому что тогда станут всех раздевать досматривать   и к нам придут...

так хацелася вывесіць   я сядзела маўчала ніяк не выказвалася ні за ні супраць а ў іх былі такія аргументы   да вы што гэта ж сцяг на акрэсціна зараз мы   як дзіджэі перамен   гэта ж сімвал   сцяг з акрэсцінскага акна вывесім   гэта ж клас   а астатнія казалі вось глядзі   ты як пранесла сцяг   цябе нават не абшукалі і нават не распранулі і не паглядзелі   а калі ты зараз яго вывесіш   то ўсе наступныя будуць дакладна   прысядаць і нашмат будуць горшыя ўмовы. але бачыш   умовы пагоршыліся і так і так дык калі б мы вывесілі той сцяг   ну яны можа быць на два дні раней бы пагоршыліся   ну карацей   нельга па іх умовах іграць. таксама не возьмеш на сябе такую   адказнасць давай вывешвай а потым   ну карацей гэта такая   маральная дылема...

а потом опять же мы спали   тогда еще не гоняли за то что ты спишь днем   и вот мы спали   и ты периодически просыпаешься вообще не понимаешь где ты что ты дальше спишь. потом нас стали вызывать на суды...

я долго звонила в канцелярию ▆▆▆▆▆▆▆ ▆▆▆▆ и дурила им голову что я хочу знать у них ли судят ▆▆▆▆ ▆▆ и если да то когда и какая-то женщина меня постоянно перенаправляла на начальницу и я до начальницы дозвонилась и мне сказали что ничё не знаем дела там то не привезли то только что привезли вообще не знаем в какое время и как бы сори. потом мы вместе с ▆▆▆▆▆▆ пришли в суд и мы там тоже начали голову всем дурить. в общем пока мы всё это делали там пошли к этой начальнице какой-то она сказала вы знаете так сказать не могу напишите список и я вам помечу плюсиком кого будут судить и мы с какого-то чата быстренько переписали все фамилии отдали ей она нам поставила плюсики и сказала все наши...

я должна были идти первая вот и из-за этого было страшно потому что типа ты не знаешь какой тут воркфлоу как это должно происходить и еще по скайпу и нихрена не слышно и это такой абсурд что по скайпу суд а тебя сажают за эту решетку. типа тут ноут тут я и решетка я такая чего вообще? и такой дурацкий вопрос был я тогда даже не расслышала это я теперь знаю спросили типа доверяете ли вы суду а я вообще вопроса не расслышала смотрю на мента рядом он говори да но я даже не поняла с чем я согласилась...

Мяне судзяць праз скайп, як і ўсіх.

Але асобны від катаванняў – сядзець пад кабінетам: супрацоўнікі ціснуць на кнопачкі, якія ў мяне ўключаюць пачуццё бездапаможнасці. Спрабую захаваць годнасць і не паддавацца на правакацыі. «Девушки, почаще приезжайте к нам, вы раскрашиваете наши будни»… «Ну вот скажите честно, почему вы по-белорусски разговариваете, чтобы выделиться или по зову души?» «А почему вы говорите "нармальна", разве это по-белорусски?»

он тебя начал прессовать задавая тебе вопросы сначала где ты работаешь потом он тебе начал не змагары а как это он змагаетесь вот как-то он начал произносить на таком некрасивом беларусском языке и когда ты начала красиво парировать всем этим вот вопросам ну вот знаешь он тавтологию какую-то тебе вдувает а ты красиво на беларусском языке я уже тогда думаю блин ▇ какая ты вот действительно светлая ну то есть ты как вот луч света в этих вот тупых головах…

там был интересный мужчина который я не знаю точно кто он возможно это начальник окрестина именно ивс я помню его лицо то есть у него такие тёмные глаза и светлые волосы и он невысокий и немножко такой плотный мы как бы с ним тогда даже пытались о чём-то поговорить и как-то дискутировать а в следующее мое задержание он всех девушек доводил до истерики на судах прямо во время судов и меня. но тогда он был достаточно милым разрешал нам сидеть на лавочке…

так как у меня историческое образование я там вела дискуссии по поводу бело-красно-белого флага герба погоня и вот кстати охранник один на окрестина он со мной вообще дискутировал долго и к концу дня когда мы уже уходили после суда ну я доказывала что они там избивали людей он говорил что нет ну и мы на разные темы спорили и уже в конце дня он сказал показал мне даже перед тем как мы ушли мы не били мы не били это омон омон омон и он так эмоционально это показал понятно что они будут сваливать вину но вот что я подумала боже я же с ним пообщалась всего несколько часов думаю я не работаю в кгб насколько же можно из человека по сути спокойно выудить информацию...

Я распальваюся ўсё больш, пакуль мне не пагражаюць, што накінуць яшчэ сутак. Могуць сапраўды накінуць? Значыцца, ужо ведаюць, што мне «суткі» ўляпілі. Перашэптваюцца: «...так еще нормально».
Усё ўжо вядома.

ну и кстати милиционеры которые спорили в коридоре со мной получается что у них иногда такой аргумент самый весомый ну сейчас тебе будет еще один протокол. причем мы могли спорить аргументы аргументы а потом вот это и постоянно вот тебе будет еще один протокол...

серада, 9 верасня

на самом деле это было настолько абсурдно что это немножко притупляло вот эта вот абсурдность притупляла чувство серьезности всей ситуации поэтому я за нее цеплялась. мы с ним очень осторожно в полушутливом тоне говорили по-моему мы начали с пыток он такой ну нет как бы мы просто приказы выполняем мы говорим но приказы же тоже могут быть преступные и вы несете ответственность он говорит а у нас нет другого выбора потому что вы нас всех тогда перестреляете и убьете. мы говорим нет это неправда ну посмотрите на нас мы вас не будем убивать мы вообще зла не желаем и еще не поздно как бы выбрать хорошую сторону. когда ситуация заходила в тупик или когда что-то его личное затрагивали он такой сразу начинал строить из себя начальника он такой ай всё типа молчите или сейчас будете стоять а не сидеть мы такие ладно хорошо. спрашивали о детях вы там не переживаете что ваши дети тоже если это сейчас всё не закончится им тоже придется видеть этот ужас он такой не ну типа мои дети не будут по улицам просто так шляться в общем какие-то такие были тупые ответы но всё это было в поле шутки потому что было видно что он на самом деле не тупой он умный чувак он много чего знает и на нём какая-то ответственность тоже висит то есть было видно что он не из низов если он позволяет так с нами говорить себе но в то же время это всё так было ну как бы в таком настроении как будто мы друг с другом заигрываем то есть мы девушки и он отшучиваемся но пытаемся говорить о каких-то серьезных вещах. ну это так было ничего такого его особо там ничего не задело он как-то отшутился ну и мы тоже мы как-то сидим перед судом у нас тоже риски есть то есть еще не известно что что там на суде и как он может на это повлиять…

я была почему-то убеждена что нам дадут сутки то есть даже сомнения в этом не было потому что все-таки уже тогда стали активнее задерживать людей и мне всё казалось что раз не задерживают женщин что когда-то и женщин должны вот так массового задержать показательно. и мне казалось что это будет именно восьмое сентября символичным…

Праз вочка вэб-камеры суддзя гаворыць са сцяной за маёй спінай. Не хадайнічаю пра выклік адваката (у мяне яго ўсё адно няма), хачу,

каб хутчэй далі штраф – і я пайду.

серада, 9 верасня

паразмаўляў з адвакатам і ён сказаў што калі ў цябе дзяцей няма там чаго-небудзь такога то на суткі ▇ паедзе...

Упэўнена паўтараю сваю версію: адчувала пагрозу з боку людзей у форме, мне было страшна, нам усім там было страшна.

ну и она такая чё как было а мы до этого думали с девочками признавать вину или не признавать и я сказала что я вообще на свидание ходила а потом нас прижали я сказала что не признаю вину в том что ходила на свидание...

самое интересное что меня тоже поразило рядом с нами был мальчик очень красивый а мы не понимали кто он же не представлялся и он с нами ждал суда ну мы думали возможно это от суда какой-то представитель и он такой девочки адвокат это лишнее там адвокат только время теряет плюс еще лучше признавать вину тогда дают меньше вот есть примеры когда признали вину и тогда дали меньше и всё это с улыбкой и всё это так участливо я такая сижу я не буду признавать вину друг такой я тоже не буду признавать вину сестра то же самое. но потом как оказалось это сотрудник ▇▇▇ и потом я почитала о нём отзывы в интернете что он тоже со всеми такой милый и прекрасно подделывает протоколы как и все...

и когда шел суд у меня была такая позиция думаю я не буду делать вид что я бедная несчастная овечка которыми нас называют я разговаривала довольно уверенно и я бы даже сказала где-то с вызовом так что было видно я не сломлена это мое законное право я его отстаиваю...

Дзевяць сутак… Я хадайнічаю аб выкліку адваката, постфактум. Суддзя ▓▓▓▓▓▓▓▓ глядзіць на мяне здзіўлена: «Я же вас спрашивала. Напишите заявление на обжалование, там в коридоре попросите».

Выходжу з кабінета, рыдаю.

тебя судили ты вышла грустная
начала плакать меня в тебе
задела твоя чувственность
искренность и как будто
вот ты такое олицетворение
светлого человека в той
системе в которой мы
находимся мне тебя жалко
стало если честно по-
отцовски я по-человечески
тебя решил пожалеть…

я была готова к какому угодно штрафу а мне такие типа тринадцать суток и я была в таком шоке потому что я была к этому абсолютно не готова и у меня эти стадии вот эти отрицание гнев они у меня очень быстро стали проходить я такая типа нет нет это невозможно потом начинаю рыдать потом такая ай ладно вот и это происходило в течение двух минут. и я помню там был один стул и остальные девочки стояли я выхожу из этой клетки и мент видит что ну вообще я в таком шоке оборачиваюсь по сторонам и не верю что это вообще всё происходит вот и он такой дайте ей присесть я такая я уже присела…

ніхто нічога не казаў спісаў няма ніякіх ну мы проста чакалі пыталіся пра спісы яны такія хутка вывесім хутка вывесім і нічога не вывешвалі ну там проста напісана што тыпу з такой па такую гадзіны адміністратыўныя справы па 23.34. мы чакалі чакалі чакалі яны нічога не казалі...

когда он начал тебя песочить ну что вот ты ходишь ну что тебе вот надо что ты ходишь чего тебе не хватает и тут начальник вышел справа пускай сидят все и когда он начал тебе ну скока вы не ходите ни хрена не поменяется а ты еще больше начала рыдать я говорю ▮ всё уже поменялось всё уже произошло и я говорю вы поверьте до нового года оно так и есть в душе до нового года всё случилось если бы не случилось если бы не раскрылась масса этих людей то как бы мы жили если бы выборы уже произошли среди всего этого скотства? сколько нарывов вскрылось в итоге всей этой системы. и потом подошел еще один и пробил где ты работаешь а чё те не хватает и начал тебя лечить уму-разуму а ты красиво на беларусском я вот честно тебе говорю в твоем исполнении этот язык ну он льется прямо вот красиво действительно такая вот правильная речь вот как будто мы с тобой в центре европы сидим и красиво размаўляем...

Мужчына, якога затрымалі разам з намі, таксама ў белай худзі, суцяшае, кажа, што дзякуючы такім, як мы, у нас усё атрымаецца. Ягоная адэкватнасць вяртае мне рашучасць. Кажа, што жонка павінна прынесці яму перадачу і пытае, што мне патрэбна. Ручка, папера і пракладкі.

Девять суток. Так много. Надеюсь, за это время ты напишешь прекрасные верши.

среда, 9 верасня

я себя изначально на самое худшее настраивал на суток двадцать но когда узнал что девять в принципе даже где-то внутри

обрадовался...

по
очереди нас
вызывали
в комнатку вот
и когда я вошла в эту комнату
там оставили дверь открытой
милиционеров никого не было рядом была
решетка и был стол и ноутбук и стул я села за
стол и в итоге там была женщина такая миловидная
женщина и она начала мне очень быстро зачитывать
очень быстро что я не успевала уследить за ее мыслью вот как
будто она просто хочет раз и избавиться от этого всё я никого не
видела ничего не слышала в общем зачитала спросила нужен
ли мне адвокат потом если у меня какие-то возражения ну и в
итоге она мне сказала что у меня штраф дала пятнадцать базовых.
я настраивалась на то что будут сутки и очень удивилась когда она
мне сказала про штраф и даже не знаю что я испытала больше тогда
облегчение или не знаю просто какие-то странные ощущения
у меня тогда были то есть я уже наверно так свыклась с этой
мыслью что не то чтобы расстроилась нет просто не знаю как
это описать просто ожидала самое худшее хотя обычно я очень
позитивный человек и не предполагаю самое худшее но почему-то
в этот раз наверное чтобы мне было легче я успокоилась и сказала
что я могу через это пройти если это потом поможет нашей
стране это цена за нашу свободу и я смогу это пройти это очень
пафосно звучит но вот...

чаканне чаканне
чаканне чаканне
чаканне чаканне
чаканне чаканне

і як бы ты ад сябе ні гнаў гэтую думку ты павінен гадаць усё-такі табе дадуць то сё а можа быць штраф таму што тады ў прынцыпе даволі шмат штрафаў давалі і незразумела і штосьці да цябе даносіцца а этаму далі столькі а этаму столькі а потым мы праз какую-та шчыліну ў акне ўбачылі двор што нашы двое якіх забралі на суд з раніцы што яны ў абед выйшлі значыцца ім далі штрафы хутчэй за ўсё крута клас значыцца можа быць ёсць шанс но мы ў той жа час рыхтуемся бо збольшага хлопцам тады давалі па дзявятцы і мы такія ну ўсё значыцца трэба рыхтавацца ехаць на дзявятачку…

мои надеялись что у меня все-таки не будет суток из-за этого они стояли возле ███████████ ровд ждали пока я выйду после суда…

естественно я там акцентировал внимание на том что и у человека который меня задерживал и у якобы свидетеля там сотрудник выступал свидетелем что у них просто дословно совпадают показания то есть ну пытался хотя бы сказать что у меня не было сопротивления я не садился там на землю не хватался за рукав но естественно это никого не интересовало и там как я узнал в итоге что неважно сопротивлялся ты не сопротивлялся всё равно все получили свои девять суток...

Прыводзяць людзей з іншых камер, бачу ▇▇▇▇. Пытаюся ў ахоўніка, ці можна падысці да сяброўкі, ён адказвае, што нельга, і я сама сабе кажу: гэта абсурдна – пытаць у яго дазвол, падрываюся і іду да ▇▇▇▇▇, паспяваю пару секунд патрымаць яе за руку і сказаць свой прысуд. Вядуць ▇▇▇▇, і мы кідаемся абняцца. Усё адбываецца вельмі хутка, і мяне разам з іншай дзяўчынкай ужо вядуць у камеру.

нас там насобирали около- то там камер и отвели вниз я там уже встретила тебя и ты сказала что тебя уже осудили на девять суток я конечно охуела прикинула свои шансы но с большего мне кажется я всё еще не вдупляла вообще где я и что я...

Перад уваходам у камеру мы павінны пакінуць свой абутак і абуць чорныя гумовыя сланцы з нумарам камеры. Другую дзяўчынку клічуць ▬▬, ёй таксама далі дзевяць сутак.

Мы кладзёмся паспаць.
Гадзіны чакання.

Нібыта час засунулі ў бляшанку згушчонкі і з прабітай дзірачкі час ад часу капаюць на лыжку.
Ведаю, што павінны перавесці ў ЦІП.
Трывога ад невядомага нарастае.

самое сложное кстати это ожидание вот ты сидишь ждешь суды идут долго а рядом с нами судили освод и мы с этим осводом пообщались и мы такие вы настоящие

это тогда всю бригаду освода задержали и я смотрю на лавочке целую группу мужчин и у всех какой-то символ на одежде я присматривалась присматривалась и поняла что это они и такая типа чуваки вы клёвые. потом им отдала свой пакет с гигиеническими вещами потому что ну когда стало понятно что сутки не дали потому что мужчинам ничего не дали никаких зубных щеток...

Я не чысціла зубы з раніцы восьмага верасня і мару хаця б пра зубную шчотку, а пакуль што ёсць палец і вада. Трэба завязаць валасы. Пучок туалетнай паперы ў камеры перавязаны тоненькай гумкай, зрэзанай з медычнай пальчаткі, – здымаю яе і замацоўваю валасы ў хвост.

у нас там ходил этот евгений всем с умным видом советовал   вы главное попросите штраф у судьи вы попросите штраф а не сутки…

ну и что этот суд какой-то странный этот скайп трещащий я ни хрена не слышала мои свидетели не пришли там эта коза драная что-то с бумажки зачитала чё блин какое сопротивление я вешу пятьдесят килограмм. я говорю я не согласна но давайте мне пожалуйста штраф она такая ну ладно тридцать базовых…

всё меня отвели выпустили там в этом слюнявом гроссбухе не могли найти мою фамилию и дату когда меня привезли я говорю ну вчера или уже сегодня и там у мента этого закоротило типа вчера сегодня как это может быть потом в итоге нашли меня выпустили   я позвонила ███████ брату он помчался за нами. девятого сентября был такой солнечный день теплый и мы поехали тачку забрали под комаровкой которую оставили ну и в ванночку конечно. у меня на теле были такие синяки как будто меня ногами пинал кто-то…

у меня тоже было несколько синяков   видимо с того момента когда тянули за ноги и за руки но боли никакой не чувствовалось в самом моменте…

в итоге мы не попали никуда и попали только на следующее заседание нам казалось что это начало на самом деле это было нифига не начало и мы послушали троих девочек как их судили судья выглядела как-то очень вменяемо но всё равно давала всем штрафы и признавала виновными и это было так странно она говорит а чё вы встаете сидите-сидите да конечно располагайтесь все дела а потом давала такие тупые вообще штрафы и признавала вину и это вообще был просто очень большой диссонанс. и в какой-то момент ▇ осудили и она успела увидеть тебя и написала что тебе дали девять суток. когда тебе успели вообще дать девять суток?..

чыста выпадкова ты там у калідоры сустрэла сваю сяброўку якой сказала а яна атрымала штраф выйшла і ўсім нам сказала проста IT-краіна вось як людзі даведваюцца навіны. я знайшла гэтую дзяўчыну распытала яе што як яна мне сказала што расстроілася не думала што будзе так шмат і што ўвогуле суткі але тыпу ты жывая здаровая цэлая і гэта на той момант было самае галоўнае...

я прям почти в конце пошла я наверное самая последняя из наших девочек была я такая захожу там этот судья какой-то недоделанный вообще крайне неприятный полтела его видно я и так и так ну покажись ты у меня стоял стульчик напротив ноута но вообще не слышно он чё-то спрашивает я такая что? повторите а он дальше мне что-то говорит. по такой-то статье вину признаешь? нет шла за колонной сопротивление не оказывала всё он такой за это пять за это четыре итого девять суток. и у меня такое негодование было и он такой собрался и ушел и я такая сижу возле этого монитора. потом как выяснилось в тот день этот судья всем давал девять суток…

і з адвакатамі прыходзілі і без адвакатаў усё адно было тыпу максімальны давалі штраф трыццаць дзяўчынкам пяцьдзясят хлопчыкам і ва ўсіх адное і тое ж ну я таксама была ўпэўненая што ў цябе будзе штраф. я такая пішу што тут даюць штрафы і тут не важна ніякія доказы што ты там быў не быў рэальна людзі дадому ішлі проста якія там жывуць яны пашпарт прыносілі што тыпу вось я тут зарэгістраваны і рэальна проста блін ішоў дадому…

Што рабіць?

Застаецца прылегчы, спрабаваць паспаць. Да нас заводзяць яшчэ адну сястру па няшчасці, мы знаёмімся, гутарым, але не можам пазбавіцца напружання.
На абед прыносяць нейкі падазроны боршч і катлеты з рыбных костак.

Я не магу гэта есці.

вот эта котлета рыбная которая была ну нихрена ж не рыбная она была из хлеба вперемешку с рыбными какими-то костями и кожурой...

я помню что я не могла там есть вообще   единственное что я попробовала там поесть   этот борщ   такое чувство что это уксус с солью красного цвета   и это была просто первая еда которую я там поела за полдня...

серада, 9 верасня

Затое з'яўляецца нагода наладзіць кантакт з калідорным, і ён прыносіць нам пакет ад валанцёраў – шчотка, паста, пракладкі, сурвэткі. Выманьваю ў яго паперу і ручку. «Только ручку с возвратом, а то у меня все коллеги берут и не отдают...» Хачу запісаць усё, але магу толькі глядзець на пусты аркуш паперы.

он просто нам раздал покушать и потом   наверное сам сел рядышком возле нас   или он предложил нам добавки что-то вот такое   и ▮ спросила у него а покурить у вас нету? он потом подозвал так ей тихонечко дал сигареты мы у него спросили по времени у него сколько потом   мы слышали голоса на коридоре а что там происходит расскажите спрашивали у него он нам рассказывал что там сидят как бы ждут суда   потом спрашивали много ли людей   ну короче был нашими глазами...

там был один сотрудник который   ну   в общем он явно не был хорошим человеком но   при этом он помогал. я не знала что можно   взять с собой какие-то вещи из рюкзака   а у меня были месячные   и в рюкзаке были тампоны и я   ему сказала у меня вот там ну   месячные можно мне тампон из этого самого он такой дак а чё ты не взяла   и он пошел   спустился на первый этаж   нашел принес мне...

вот и это был уже час дня по-моему или два часа и в итоге мы ушли из этого конченного суда и я начала снова звонить в эту канцелярию я спрашивала где ты будешь отбывать арест. все очень устали и сказали что мы не знаем такой информации. и мы решили что надо срочно собирать передачку и начали срочно ее собирать и даже по-моему срочно ее собрали тогда еще передачи можно было передавать каждый день и это было

восхитительно...

я паехала дадому і пачала збіраць передачку па-хуценькаму так важныя рэчы. хацелася пакласці штосьці такое добрае што ты любіш а я не ведала што ты любіш і пачала шукаць тыпу што б мне было прыемна атрымаць таксама і ну пачынаеш думаць колькі чаго класці каб ты там памыць гэта магла каб на змену былі рэчы. неяк так гэта цікавы досвед дарэчы калі ты камусьці збіраеш і ты думаеш што б яму там было добра атрымаць і ў мяне проста нейкія такія рэчы былі цёплыя вось гэтая штука фіялетавая думаю калі будзе холадна па начах ці ў вас там будуць адбіраць коўдру каб цёпла было... я пазнаёмілася з хлопчыкам які валанцёруў там ну пакуль у чарзе стаяла і ён такі тыпу не пойдзем будзем распакоўваць таму што так не прапусцяць і мы пайшлі з ім пачалі па пакеціках усё раскладаць...

в ципе передавали с 10 до 12 а в ивс с 2 до 4 дня очевидно же что мы уже не попали но вроде как если человек только-только после суда первую передачку можно было с 6 до 8 вечера поднести волонтеры как-то договорились там надо было лично приехать записаться в очередь на передачку   мы тебя записали. приехали мы к окрестина может к семи вечера я нашла ▮▮▮ с пакетом вручила ей носки они это всё переписали ну и ждем. а там процедура такая список у волонтера который идет в какой-то момент внутрь они там видимо с работником общаются проверяют видимо по спискам есть там этот человек или нет мы пришли к волонтеру можете ли уточнить присутствует ли ▮▮▮▮▮ здесь   и он такой говорит а ▮▮▮▮▮ ▮▮▮▮▮ здесь нет. и что делать? либо она в ивс либо в жодино уехала. мы пошли позвонили в дверь ивс а тебя там нет значит в жодино? а это была среда а в жодино только по средам передачки получается что что мы не успели? расстроенные думаем ну что аж до следующей среды останется аня в чём была мы такие блин а в чём она хоть была? очень надеемся что хоть в штанах да куртку какую взяла хоть чтобы она там не мерзла...

сначала я хотела тебе каждый день писать письма   потом в какой-то один день написала и решила что блин ▮▮▮ ты всё просрала   и параллельно я писала в твиттер ну потому что особо мне поделиться не с кем было   я в твиттер всегда сбрасывала фотки с маршей   и в какой-то момент ты перед этим написала в чат дзетка я пачышчу наш чат на ўсялякі я запостила еще вчера она на всякий случай почистила чат а сегодня ее задержали ненавижу действующую власть и всех кто причастен к этому беспределу...

и еще у меня было такое чувство вины что я не смогу прийти например на твой суд или что я не смогу передать тебе передачку в первые дни потому что девятого десятого и одиннадцатого у меня на работе было первое мероприятие и оно было выездное и я не могла на него не поехать. конечно как бы моя голова была не на этом мероприятии а всё время в телефоне проверяя что с вами происходит ну и потом когда я узнала что ▇▇▇ и ▇▇▇ отпустили а тебе дали сутки ну я если честно просто охренела потому что у меня это не ну вообще не укладывалось в голове и мне стало очень страшно за тебя потому что я знаю что ты можешь перенести наверное всё что угодно но знаешь это тогда был такой просто страх который мне кажется мы все испытывали после девятого-одиннадцатого что что-то ужасное может произойти в заключении...

я как вышла я сначала потерялась почему-то думала что за мной никто не пришел поначалу я и не видела никого не видела свою маму не знала что мне делать но я видела людей которые помогали волонтеров и они сразу ко мне подошли и еще были люди которые ждали других задержанных и меня начали спрашивать люди о задержанных видела ли ты там такую-то девочку я пытаюсь отвечать вспоминая видела ли я у меня еще какой-то шок что я вышла вообще от того количества света что я увидела и я нормально еще держалась а почему-то когда увидела маму я расплакалась очень сильно расплакалась хотя до этого держалась изо всех сил и спокойна была...

мы вышли нам как-то отдали наши передачи я когда увидела передачи я поняла что друзья хотели чтобы мы сидели несколько лет потому что там было у нас по четыре пакета и полные там с колбасой с какими-то сладостями. мы договорились пожалуйста передайте другу у него суд они нехотя эти милиционеры взяли и я понимаю что мы выходим с этими пакетами как старушки какие-то из ворот да и ты не думаешь кстати о том что тебя там кто-то ждет ты просто думаешь про то что друг остался про то что людей забрали на сутки что ты вот сейчас такой везунчик выходишь но совесть мучает. кому-то плохо а тебе снова хорошо и вот это как-то несправедливо...

я знала что мне будет штраф но всё равно было очень радостно то есть я там расписалась спустилась вниз завязала шнурки и забрала вещи ну всё равно это очень как-то это это вот по-настоящему радостное воспоминание как мы спускаемся вниз по лестнице выходим из этой двери там стоят люди и ждут кого-то ну мой папа был на суде и получается ехал только вот я передавала фамилии которые могла вспомнить. тогда еще стоял лагерь около окрестина вот я пошла туда взяла по-моему кофе выпила пообщалась с волонтерами с ребятами нашла ▮▮▮ мы обменялись контактами вот и всё и приехал папа ну мы там взяли кого-то еще подвезти и я помню что мы едем я еще увидела что тебе дали девять суток и начала с папой думать как тебе передать передачку. я даже кстати я потом пыталась найти твоих родственников и найти тебя где-то в соцсетях и я нашла вконтакте и нашла какого-то твоего дальнего родственника какой-то брат твой я не знаю или кто я написала ему что так и так задержали и может передачку нужно передать но там только можно родственникам и он ответил что типа мы очень дальние родственники мы вообще не общаемся и друг друга не знаем. я такая ну ладно извините тогда...

нас встречали друзья родственники коллеги и я смотрю сколько людей и они нас встречают что-то говорят улыбаются а у меня даже какой-то шок а я думаю ну за что как бы нас забрали и нас выпустили то есть мы не заслужили какой-то не знаю минуты славы ничего ж не произошло но нас встречали реально как героев...

и потом получается мы ехали в машине и мне папа начал рассказывать что-то а там было очень много прессы на том марше и поскольку фото моего задержания как меня ведут в автозак вместе с моей сестрой фото и видео попало в сеть и папе утром начали звонить из моей гимназии из которой я уже получается два года назад выпустилась что давайте мы соберем деньги там куда подвезти чем помочь там может что-то еще нужно сделать вот позвонил один из завучей с которыми были хорошие отношения вот и я так еду и думаю вау круто...

сначала так сначала нормально было весело мы шутили по поводу всех этих ужасных штук потом суд потом грустно потому что сидеть нужно долго ну и потом просто рутина очень-очень большая рутина в этой тюрьме...

среда, 9 верасня

я не знала где сидит ▇▇▇ но почему-то думала что в соседней камере. ну и все же перестукиваются через стены жы-ве-бе-ла-русь и мы перестукивались но я не знала там он не там. а потом девочки которые с ним ходили на суд сказали что он там в соседней камере. ну и они говорят ▇▇▇ пятнадцать суток и слышу что завели мальчиков в соседнюю камеру и я начинаю сильно стучать и человек оттуда начинает точно так же стучать я понимаю что это ▇▇▇ а потом мы с девочками что-то сидим общаемся и тут я слышу его голос из вентиляции оказалось что мы заняли с ним одинаковые ложки и было так мило с ним переговариваться. он сказал что расстроился что мне дали много суток но что я молодец и со всем справлюсь меня это очень подбодрило в тот момент...

Мы загнались, конечно, таким приговором. Сегодня весь день в мусорку. Вечером вышли за пивком, а тут целая колонна с бчб! В ▇▇▇▇▇▇▇! Такие красивые, такие радостные.

У мяне забіраюць ручку. Вечарам пераводзяць у ЦІП: мяне з ▇▇▇ – у адну камеру, а ▇▇▇ – кудысьці ў іншую.

серада, 9 верасня

мне принесли две передачки сразу когда нас переводили в цип нас выстроили вдоль стены я стояла вообще не ждала ничего потому что сказали что родственники должны и тут называют мою фамилию он такой как сестру зовут? я говорю ▇▇▇ но ее не может быть здесь он такой отчество вообще ▇▇▇ но может быть он такой идем быстрее и там просто момент был что нас поздно переселяли уже и он такой быстрей быстрей. потом мне сказали что это были волонтеры они там всё ходили что это сирота ▇▇▇ нужно передать передачку а потом я стою и опять моя фамилия как мужа зовут? я тут прифигела как же как же его зовут я так ну подсмотрела ▇▇▇. ну приятно было и тоже были ребята кому не передали передачку и я уже как-то так там влезла что-то покопошилась и рядом получается стоял парень я ему достала говорю держи вот это...

Я не чакаю перадач, упэўненая, што там звонку працягваецца звычайнае жыццё. Калі выдалі мінімальныя гігіенічныя сродкі, я супакоілася. Маральна рыхтуюся правесці дзевяць сутак у сваёй белай байцы, прыкідваю, як яна будзе выглядаць і як паеду смярдзючая дадому грамадскім транспартам...

вот это чувство что мира вне этого не существует мне очень близко. я была конечно рада всему что мне передавали особенно когда одежду привезли удобную но мне больше всего хотелось получить какую-то весточку а ее не было...

я нашла на бутылке с водой номер телефона а потом на шоколадке бумажечка написано ▮▮▮ мы с тобой и такое сердечко написано ▮▮▮. я так расплакалась...

калі цябе затрымалі я пісала пра гэта ў фэйсбуку і шмат людзей нашых агульных знаёмых замежных адрэагавалі і пісалі ну то-бок у мяне там шмат было каментаў пад гэтымі пастамі вельмі шмат хто мне ў прыват пісаў пыталіся і пасты мае расшарваліся...

Are you safe for now? Is there anything we can do, for you? Or to help ▮▮▮▮▮▮? Also, if what you need is rest, you should rest, not answer my questions. Take care!
You are brave!

Thank you for writing updates and for the work you are doing. You shouldn't have to live in such a way, where you have to search for your friends like this ♥

Heroes!! It sucks that you have to handle this situation, but thank you for everything that you do ♥♥♥

Thank you so much for the updates and for all you do ♥ You are amazing! I have the deepest respect for you and all the other brave belarusian people who are peacefully fighting right now. And so very sorry for what you have to go through. All my love and best wishes!

серада, 9 верасня

пачаліся гэтыя чацікі насіліся з перадачкамі мы там раздзялілі хто што набывае. усё гэта цяпер неяк аптымістычна ўспамінаецца таму што тады было пасля гэтага адбылося столькі ўсяго страшнага зараз я разумею што тады было столькі падтрымкі і столькі людзей вакол палова гэтых людзей ці з'ехалі альбо сядзяць цяпер але тады тады гэта было страшна ў мяне быў такі шок таму што мы ж тады вельмі шмат камунікавалі тады яшчэ не было столькі затрыманых і ты была першая з блізкіх каго затрымалі плюс дзяўчына было стрёмна…

У калідоры, дзе мы тварам да сцяны чакаем пераводу ў ЦІП, мужчына, які суцяшаў мяне пасля суда, убачыў мяне, кажа, што ручку не перадалі, але паспявае ўсунуць мне пачак сушак.

Робіцца цяплей ад гэтага.

жена всегда чувствует что надо она узнала что надо тут же организовала всем кто вот сидели предметы какой-то гигиены они там сразу же с девушками-волонтерами она сразу всё съездила на машине кого-то отвезла и уже всё в принципе было готово для передачи…

Тут хочацца трымацца разам з тымі, з кім паспела пазнаёміцца, і кожны раз, калі выводзяць з камеры, я напружваюся, таму што не ведаю, раздзеляць нас ці пакінуць разам, хто будуць новыя людзі і ці змагу я з імі паладзіць.

сначала в эту камеру поселили где ни унитаз не работал ничего я зашел сразу проверил чтобы работал вентель чтобы всё как бы смывалось мы забастовали сказали переселяйте нас мы не пойдем в камеру   нас ■ человек было получается   вывели опять же досмотрели и перевели уже в эту другую камеру…

там залежыш ад людзей у прынцыпе кантынгент наш адзінае што да нас перасялялі ў іх жа там нейкая свая схема яны пастаянна падымаюць па паверху   клішуюць паміж камерамі і нас паднялі   на трэці здаецца паверх там была нейкая камера там нядаўна штосьці было пафарбавана   і святло зусім паганае было і мне стала разрывацца башка я ноччу нават прачнуўся проста ад болю галаўнога   я там ужо халоднай вадой паліваўся і ўсё астатняе…

Камера на чацвярых. Адна дзяўчына – актывістка, нашая, я дзіўлюся парадаксальнасці свету: спачатку ты выходзіш, каб падтрымаць затрыманых актывістак, а потым апынаешся з імі ў адной камеры. Другая дзяўчынка – не палітычная, пяць сутак за спробу сцягнуць з крамы пляшку гарэлкі.

серада, 9 верасня

с девочкой этой сидела ей там тридцать два может каких и она чуть ли не на спор пошла у нее были деньги такой знаешь у нее спортивный интерес по пьяни появился такая дай-ка я свистну водки ну и всё. она была вменяемая абсолютно всё нормально но как бы тем соприкосновения особых не было потому что она вообще не в контексте а когда вас привезли я уже так обрадовалась думаю ну наконец-то политических хоть что там как там вы уже начали рассказывать что там народ вышел за колесникову и что творилось вообще. к нам до вас на ночь подселяли женщину вот она была на всех фотографиях когда на комаровке только-только вышли и начались первые задержания она легкоатлетка в прошлом такая вся бодрая веселая рассказывала нас бодрила ну и она такая видит что девочка ни сном ни духом не понимает что происходит а потом же у нас суды были на второй день девочке дали пять суток а мне десять и она всё ходила полдня причитала что мол я украла мне дали пять суток ты не сделала ничего тебе дали десять ну и эта женщина ей говорит вот видишь в какой стране ты живешь может задумаешься наконец мол так и так. потом уже вы приехали стало гораздо веселее...

На дваіх з ▮▮▮▮▮ нам выдаюць два камплекты бялізны, але адзін матрац. Наглядчыца адказвае, што не ведае, дзе яшчэ адзін, – быў на месцы. Абяцае раніцай падумаць, а пакуль як ёсць. Выгружаю на стол свой скарб: сурвэткі, пасту, ваду, кнігу, сушкі.

и я помню что я тогда уже вторые сутки вообще ничего не ела и не пила и мне вот эта девочка и женщина свой чай с завтрака отдавали потому что у меня упало уже давление от обезвоживания. честное слово я сижу и думаю что ну надо хотя бы три ложки супа уважить свой желудок я подношу просто вот это вот я всё ну у меня аж прямо обратно всё выворачивает я понимаю что я не знаю сколько я продержусь я реально хотела есть но не могла. то что лилось там из крана водой назвать было сложно. я помню что вы пришли с пачечкой сушек и с водой и я просто на это смотрела просто как на какой-то скарб невероятный честно я никогда не забуду реально съела две сушки и мне так хорошо стало что я наконец-то поела потом я у тебя еще книгу увидела а я всё это время без передачи сидела там двое суток в сумме но реально двое суток без передачи тяжковато книгу эту увидела думаю господи цивилизация возвращается счастья полные штаны…

У камеры вельмі холадна, таму што акно не зачыняецца, але лепш так, чым без кіслароду і з туалетным смуродам. Двое дзяўчат кладуцца на ніжнім паверсе, а нас «селяць» на начоўку на верхні ложак, і мы абдымаемся, каб неяк змясціцца на ім удзвюх, але я ўсё адно адкочваюся да краю ўсю ноч, бо баюся залішне прыціснуцца да гэтай ледзь знаёмай дзяўчынкі, хоць яе, здаецца, сітуацыя абсалютна не бянтэжыць.

я думала почему-то что вы две подружки которые влетели знаешь в одну беду такие ну и нормально. а меня ночью атаковать начали тараканы так что я запрыгнула на второй этаж потому что не могла уснуть они мне везде мерещились даже с закрытыми глазами. помню что я такая так либо спать с тараканами либо на холоде ладно посплю на холоде спала в байке с капюшоном у самого окна…

> Можа да лепшага, што ноччу тут таксама гарыць святло, бо было б зусім вусцішна...

я на іх глядзела на гэтых ну наглядчыкаў напрыклад там быў адзін хлопчык ён быў такі ну малодзенькі і ён быў дабрадушны ён усё хацеў нешта з намі паразмаўляць нахіляўся ў гэтую кармушку ну як вы там што вы там і ўночы калі нікога не было ён адзін быў на калідоры ён з намі доўга мог патрындзець мы ўжо хацелі спаць а ён усё хацеў з намі размаўляць ну так пра жыццё мы яго пытаем як ён такім стаў ён там кажа ну мяне нікуды не бралі я сірата мяне не бралі ні на якую працу я абышоў усё на свеце ну і трэба ж было неяк жыць з бабуляй бабуля яго выхоўвала і вось кажа апошняе месца куды я пайшоў гэта во турма і ў турме яго там узялі ў ███████ на працу і ён тыпу ўчапіўся за гэты шанец вот так вот склаўся ў яго лёс. ну я спрабавала зразумець кажу ну ты быў тут дзявятага дзясятага і адзінаццатага жніўня ты ж тут працаваў і тут усё бачыў. вы нічога не ведаеце нічога не было і ўсё адмаўляў і казаў што ён наадварот прыносіў людзям ваду і хлеб які ён маладзец. я кажу ну як ты можаш тут заставацца ну і проста прыкольна было назіраць што ён з намі быў такі нармальны і там мог нам ну і гарбаткі больш прынесці і ўсё але калі прыходзіў хто-небудзь іншы напрыклад старэйшы за яго па званні ўсё ён адразу вочы ў падлогу і на нас нават не глядзеў і ні слова не казаў усё ён адразу з'яўляўся такі на пазіцыі падпарадкавання...

Трымайся, хай як мага хутчэй гэта скончыцца!
Ганаруся тым, нашым знаёмствам! Моцна абдымаю.

чацвер

10 верасня

чацвер, 10 верасня

Вельмі прыніжальна стаяць тварам да сцяны, пакуль цябе груба абшуквае наглядчыца, нібы ты мех з бульбай, а не такая ж жанчына, як яна.

в камеру к нам никто толком не ходил   ну наверно утром вечером был какой-то досмотр да там переворачивали эти матрасы   а так в остальное время   делали что хотели   ну то есть спали...

Смярдзіць туалетам, таму калі ў перадачы знаходзім пахучае мылка, распакоўваем яго і кладзём пасярод стала – такі імправізаваны асвяжальнік паветра.

██████ **расказвае сваю гісторыю, таму што ноччу на размовы ў нас не засталося сіл.**

на окрестина я приехала часов в двенадцать ночи со мной еще было два чувака которые пили пиво на улице где-то вот после акции в воскресенье и у них с собой была символика. конвоировал меня молодой парень можно сказать приятный ну насколько это возможно сидел мне всю дорогу сочувствовал ну я тоже злая была меня обманули пять минут назад я думаю что мне твое сочувствие оставь его себе всё равно работаешь на эту систему. я еду мне холодно он так а шо ты в одной майке я говорю да потому что у меня все вещи забрали и обещали домой отпустить он говорит я постараюсь достать тебе байку мы приезжаем на окрестина и там сумасшедший вот этот вот мужчина у меня сережка в носу была и у девочки в ухе была какая-то штанга и она не могла ее раскрутить как и я не могла достать свою сережку ну вот он начал орать я впервые подыспугалась наверное именно какой-то страх физической угрозы появился потому что он начал орать что я щас принесу плоскогубцы будем вам выдирать кровь не кровь мне всё равно главное чтобы вы в камеру зашли без этих сережек или вообще говорит будете на улице сидеть в луже без еды без воды и друг другу крутить сережки пока не достанете в камеру не зайдете. ну я бомбанула я немного испугалась но я не смогла молчать и сказала ему что в каком мы веке живем как вы с людьми разговариваете чего вы вообще угрожаете вы себя слышите? он сказал что с тобой никакой полемики не будет либо доставайте эту фигню всю свою либо будет как я сказал. я каким-то чудом достала сережку а девочке реально принесли маленькие маникюрные ножницы она стоит у нее руки эти трясутся она раскручивает себе эту штангу из уха кровь у нее идет я стою просто в шоке пытаюсь ей помочь у меня тоже нихрена не получается короче она всё достала и мы часа может в два ночи по итогу уже попали в камеру. а и парень этот реально достал мою байку он куда-то пошел и быстро когда меня уже вели в камеру впихнул мне эту худи и сказал держись я такая ну спасибо…

Шукаем спосаб затыркнуць ці завесіць ручніком акно.

Гуляем у гарады і смяёмся з дурных жартаў. Смех ратуе – паглынае і адцягвае на сябе ўвагу, цела расслабляецца, на некаторы час выключаецца рэжым «бі ці бяжы». Я трошкі чытаю вершы на англійскай, шукаю прыгожыя радкі і, перакладаючы на хаду, зачытваю іх дзяўчатам.

Perhaps you yourself are the red lights of the lighthouse...

Можа быць, ты і ёсць тым чырвоным святлом маяка...

Прынеслі яшчэ адзін матрац, цяпер у мяне ёсць свая прастора, дзе я, захутаўшыюя, спрабую паспаць. І за ўсім гэтым сочыць вочка відэакамеры над уваходам.

камера прямо тут над головой была и я физически слышала как она щелкала и красная лампочка загоралась будто она включалась несколько раз в сутки на каких-нибудь пару условно минут у меня такое ощущение создавалось...

На абед расольнік. Ад паху мяне выварочвае, вылiваю яго ва ўнiтаз, хоць зліў можа забіцца. Дзяўчаты кажуць, што посуд пасля сябе лепш мыць з мылам, таму што, магчыма, у пасудамыйцы яго апрацоўваюць толькi раз на дзень, а ў астатні час ён курсіруе паміж намі, як ёсць.

у нас там у адзін дзень быў смачны расольнік я потым калі выйшаў я зразумеў у чым была фішка я думаю ў тыя ж самыя дні здымаўся адным вядомым вядоўцам і адным тэлеканалам сюжэт пра тое як на акрэсціна прэкрасна якія там смачныя баршчы. потым я ў гэтым сюжэце бачыў як гэты расольнік там у чане паказваюць проста і мы тады яшчэ дзівіліся тыпу блін тут такі смачны расольнік ну потым ён не паўтарыўся канечне...

из всего что я ела на ципе с удовольствием скажем так это был хлеб и компот ну или чай всё остальное это просто ужас тихий ужас эти сосиски эти котлеты рыбные и даже все эти каши были жутко переваренные их невозможно было есть...

Пасля вячэры – зноў

«с вещами на выход»,

 і зноў ніхто нічога не тлумачыць, а ты можаш толькі здагадвацца, што павязуць на Жодзіна. Мы збольшага радыя, бо чулі, што ўмовы там лепшыя.

когда мы пришли на следующий день к костелу   нас встречали там аплодировали нам   искренне так девочки вы вернулись я тогда для себя поняла вот эту формулу   часто после задержания люди как-то по-другому начинают относиться к протесту да кто-то боится выходить а я для себя отметила что вот если выходишь сразу после задержания да то есть отсидел сутки пошел на акцию нет этого…

Я не здаюся – усё яшчэ хачу напісаць заяву на атрыманне матэрыялаў справы. «Дайце мне ручку», – прашу мужыка, які кудысьці нас вядзе. «У меня одна ручка», – адказвае ён. Яны тут збольшага ўсе такія: просіш штосьці, і яны карыстаюцца з магчымасці яшчэ больш цябе прынізіць. «Да-да». «Может быть».
«Там попросите», – на ўсе твае просьбы.

мы там пару раз просили ручку чтобы там   заявление это обжалование на решение суда написать   но ручку так никто не дал…

нас внезапно троих назвали выходить я такая так одни политические щас шота будет. и когда нас уже выстроили там в коридоре и разделили на две группы мы там все стояли в коридоре носами в стены   и тогда я получила первую передачку   и то я стояла и орала свою фамилию лицом в стену. она такая что а я передача пошла там какая-то уборщица полы мыла посмотрела такая да есть ты успокойся всё тебе там отдадим и всё и нам раздали передачи нас там было человек   двадцать шесть девочек и остальные парни...

Мяне і дзяўчынку, з якой мы абняўшыся спалі, вядуць у нейкую іншую камеру. Там цёпла і дзяўчаты нас частуюць цукеркамі. Мы знаходзім агульных знаёмых, якія тут дзесьці таксама, і ўжо прывыкаем да новага месца, калі за намі дваімі зноў прыходзяць, вядуць у прагулачную камеру і пакідаюць. Там мы сустракаем іншых жанчын, у тым ліку ▮▮▮▮, з якой чакалі ў камеры пасля суда, і нарэшце мы ўсе можам абмяняцца навінамі, каб зразумець, што адбываецца. Здагадваемся, што нас пераводзяць у Жодзіна, але на нашыя пытанні ніхто не адказвае. Чатырох жанчын забіраюць, а мы застаёмся там яшчэ гадзіны на паўтары. Халадае. Мы спяваем.

загрузились в автозак я ехала в одноместном стакане с девочкой и у нас было еще по пакету но я полезла в свою посылку и нашла книгу этот был гарри поттер на мове и внутри лежала открытка как ее пропустили я ума не приложу я ее открываю а там просто   вся она исписана друзьями моими близкими и я вот в стакане в автозаке читаю эту открытку и такие эмоции странные и смех и слезы но очень вовремя конечно очень вовремя в автозаке такую открытку найти лучше быть не может...

а пока были в ципе нас завели в этот курятник   часов шесть мы там стояли   там холодно было еще дождь наморашивал вот нас бодрило что вы пели песни потом мы договорились с этим он нам сигареты какие-то принесет он принес нам сигареты   потом часть людей поразвозили а мы ждали наверное последнего уже автозака...

**Хочацца ў туалет, але за намі не прыходзяць, на наш грукат у жалезныя дзверы не рэагуюць. Саджуся і сікаю ў вадасцёкавую рашотку, прыкрыўшыся ад камеры.
Каб сагрэцца, мы скачам і танцуем. Мерзнуць ногі ў кедах, і мне падказваюць уставіць замест сцілак пракладкі.**

і калі нас высялялі ўжо на жодзіна адпраўлялі і начальнік відаць змены ці хто там павінны гэта рабіць такі нам ну што рибята не били тут да ничё вас не избивали не издевались ничё такого страшного а то я смотрю такое рассказывают что мне уже даже страшно на работу ходить. хацелася канечне яму праплюнуць таму што перад гэтым мы перад адпраўкай стаялі ў дворыку а мы ведаем што рабілася ў гэтых дворыках якія выкарыстоўваліся замест камер у тым ліку і канкрэтна на сцяне кроўю запечанай было напісана слова сукі. і там жа сама ў дворыку там з рашоткай люк такі і на ім было гаўно то ёсць відавочна што людзі хадзілі ў туалет там калі цябе на прагулку вывелі на гадзінку ты не ходзіш у туалет у прагулачным дворыку...

Нарэшце мы дагруківаемся, нас пускаюць унутр, у камеру, пагрэцца. Камера якраз насупраць увахода, і мы чуем на калідоры нейкі варушняк. Праз шчылінку ў кармушцы перашэптваемся з хлопцамі – іх толькі прывезлі – хтосьці шукае сваіх знаёмых, дый проста радасна мець нейкі з імі кантакт. За кожны мінімальны кантакт хапаешся – гэта і нагадвае, што мы не адны тут, і можа быць спосабам атрымаць нейкую інфармацыю.

потом они собирали передачи и надо было найти человека с таким же отчеством как у тебя а ни у кого нет такого отчества я написала в инсте но к сожалению девочка у которой такое отчество отозвалась а потом отказалась у нее мама милиционер и она такая нигде не участвует в таких штуках...

приходят списки из ципа хоп ▮▮▮▮ ▮ всё еще там. мы собрались нашли ▮▮▮▮ ей конечно отдельное спасибо. а еду я в такси говорю куда ехать он такой а что у вас случилось я ну вот подругу забрали везу передачку передавать он такой а понятно понятно значит приезжаю и спрашиваю сколько вам заплатить он такой а не надо ничего вы знаете у вас такие дела не очень вы знаете бесплатно. милота такая...

а мы в предыдущий день тебя опять записали в списки волонтеров мы еще раз уточнили что ты здесь. всё гут передали никаких вопросов не было как минимум с нашей стороны она ушла а потом в следующих списках что ли или на следующий день смотрим а ты уже в жодино. мы такие ну класс наша передачка возможно ушла в никуда потому что из того что мы знали в жодино перевозят обедом а мы только обедом передали. короче злые мы ходили потому что не знали получила ты ее или нет...

я сидела и думала блять что же там с ней будет происходить как мы можем помочь. меня добавили в чат где все переживали за ▮▮▮ собирали посылочку гуглили что как сделать разговаривали я подумала что как круто что все-таки есть такая поддержка большая...

Урэшце нас выводзяць на калідор, каля сцяны мы чакаем перавозкі. Пачынаюць раздаваць перадачкі.
Я ўсё яшчэ думаю, што там, звонку, нічога не адбываецца і ўсе жывуць сваім жыццём, але не дыхаю, так мне хочацца пачуць сваё прозвішча. Пачула. Бягу праз калідор, забіраю – расплакалася. Я не адна. Пра мяне не забыліся. Я не адна. Там, звонку, ёсць людзі. Стаю тварам да гэтай дурацкай сцяны і рыдаю ад шчасця.

еще подбодрило когда нас в жодино перевозили и ▇▇▇ стоял у стены я проходила и потрогала его за ручку. это так было необходимо в тот момент какой-то такой физический контакт поддержки...

Калі нас выводзяць нарэшце да аўтазака, мы чуем, што там за сцяной людзі. Яны штосьці крычаць.
«Жыве Беларусь!» – ці нешта такое, і вельмі ад гэтага робіцца радасна, і мы ўзрушаныя запаўзаем у «стакан» – чацвёра ў цесны цёмны «стакан».

«Дзяўчаты, здаецца, у мяне акурат зараз пачнуцца месячныя, а я не падрыхтавалася». – «Ну дык зрабі, што табе трэба, тут – цёмна ж». Раблю, што мне трэба: спускаю штаны, прымацоўваю пракладку да майткоў і нацягваю назад штаны. Сораму не адчуваю. Адчуваю ўдзячнасць дзяўчатам за тое, што ў іх ані пытанняў не ўзнікла, ані агіды. Месячныя пайшлі акурат пакуль нас везлі, а з інтэрвалам прыкладна ў дванаццаць гадзін – яшчэ ў дваіх з нас, чатырох сукамерніц.

У Жодзіне нас, злосных злачынцаў, сустракаюць ваенныя з сабакамі. Раптам мы накінемся. Заводзяць у памяшканне са сценамі з белай кафлі. Я нагадваю сабе, што я паэтка, а значыць, магу знайсці паэзію ва ўсім. Паколькі глядзець усё адно ў сцяну, вывучаю кафлю. Яна здаецца такой танюсенькай і неабароненай, што сцяна патрэбная ёй больш, чым яна сцяне, і таму яна туліцца да сцяны, туліцца так, што выступаюць паміж кафлікамі тлустыя складкі пяску – з такога ластаўкі звіваюць гнёзды.

Напружана.

Нам загадваюць стаяць шчыльней, каб усе змясціліся. І тут у аднаго з грозных вайскоўцаў звоніць тэлефон: «Тишины, тишины хочу / Тишины в молчании сколотом / Легким ветром вольно пролечу...»

Як ваніты, падкочваецца рогат, і, хоць горла дасягае толькі сціслы смяшок, робіцца лягчэй, бо смяяцца хочацца ўсім, каго я магу бачыць, павярнуўшы галаву так, каб на мяне не накрычалі.

сразу шок собаки...

да я так испугалась я первая выхожу из автозака   и там этот свет в лицо и собаки гавкают я так шуганулась...

да эта плитка старинная когда нас поставили   вдоль стены вот так ну и   этот предбанник не знаю как его назвать это место непонятное где и так места мало а они тебе подвиньтесь подвиньтесь и людей всё ведут и ведут и ты понимаешь что не вмещаешься...

Катакомбы, даўгія і поўныя трывогі...

ну привезли нас на жодино прием был отвратительный вокруг собаки и стоят дофига этих надзирателей все с этими дубинками по итогу пошли по этим катакомбам я пошла каким-то непонятным делом первая самая он всё на меня оборачивался и орал быстрее и передо мной так шел и по стене дубинкой бил без конца там пацанам каким-то немножечко дали за то что они бошками вертели во все стороны...

агрессивные эти это военные какие-то были этот парнишка в очках такой высокий блин явно ему не дают и он вот эту агрессию свою проявляет и он понимаешь чувствует свою власть над парнями да явно его в школе гнобили и вот сейчас он отрывается когда шли что-то сейчас вприсядку пойдете кричал типа соблюдайте дистанцию когда по этому коридору вели. я думала что нас ведут убивать потому что ну по такому коридору не могут тебя вести в хорошее место потому что ты идешь этот сумасшедший коридор эта обувь без шнурков она шлепает и я вижу впереди парнишка шел бедненький ему так тяжело было в этих тоже обувь какая-то чё-то он хромал. и вот эта вот паника непонятно что там с тобой будут делать куда тебя ведут ты идешь эта веревка какая-то это проводка или что и она просто вдоль нескончаемая ужасно подземелье какое-то и этот тусклый свет а ты пытаешься рассмотреть и хоть что-то запомнить вдруг когда ты будешь убегать чтобы ты понимал вообще куда что какие-то зацепки чтобы потом если что рассказывать где ты был что ты видел...

Мы стаім тварам да сцяны ў калідоры, учатырох, хлопцаў адвялі кудысьці, а мы чакаем агляду. Два хлопчыкі сцерагуць нас: адзін высокі, а другі нізенькі.
І начальнік пытае іх, ці не хацелі б яны самі нас агледзець, і адразу адказвае, што не варта, бо нам, жанчынам, гэта можа спадабацца. Навошта гэтыя наглядчыкі разглядваюць нас і абмяркоўваюць?
«Что, себе выбираешь?» – рагочуць.

Нам не смешна. Я абдумваю, як паводзіць сябе, каб зберагчы. Быць акуратней, не такой дзёрзкай, як у вечар затрымання... Не ўсміхацца ім, не быць прывабнай.

Яны заляцаюцца да нашай самай малодшай – ёй усяго дзевятнаццаць. Кожны тут, здаецца, адчувае сваім абавязкам спытаць нас, чаму мы ходзім на мітынгі і ці плацяць нам. Ад гэтай тупасці апаноўвае бяссілле і хочацца біцца галавой аб сцяну.

я точно решила что я не буду пытаться с ними быть дружелюбной я поняла что мне сидеть в камере как бы норм но любая интэрэкшн с ними стресс поэтому лучше не разговаривать с ними не отвечать и вообще свести это всё к минимуму ну и не улыбаться не хихикать я бы себе этого не позволила это прям ну для меня это было бы предательством себя...

Ужо позна, напэўна бліжэй да поўначы, і нам зусім не хочацца адказваць на іхнія бязглуздыя пытанні. Але яны не сунімаюцца, ім цікава дзе мы працуем і колькі плацяць у ІТ. Абмяркоўваюць інтэрнат, у якім жывуць, калі працуюць на змене, абмяркоўваюць свае сем'і.
«Мяне тата Уладзікам кліча...»
Я магла быць іхняй настаўніцай у школе дзесяць гадоў таму...

в жодино там конечно условия пожестче были   я там чё-то   ну вниз начал смотреть мне там подошел   дубиной врезанул а этот наш доктор   он тоже размаўляў на беларускай мове   он очень эмоциональный был так они его оттырили даже   мы стояли возле стены и ему там чё-то сплохело   и он пошел   куда ты вышел из строя! как начали дубасить его палкой там   я говорю человеку плохо стало он меня тоже бах палкой   ну жестокие такие майор седоватый начальник смены   самый агрессивный был   то ему глаза не нравились то ему лысина моя не понравилась что типа ты уже знал куда едешь   ты подготовился бля...

я понимала что нас должны осмотреть   и то есть   вот это вот ожидание   когда тебя будут досматривать   и понятно ты должен раздеться   и вот эта вот сейчас   будет   смотреть. ты понимаешь что тебя завели хрен пойми куда   ребят убрали   то есть остались только четыре девочки   и ты ничего не сделаешь   я уже ждала думала скорее бы это всё закончилось скорей бы в камеру завели...

чацвер, 10 верасня

Я сыходжу на агляд. Вельмі адэкватная жанчына ў ваеннай форме. На руках у яе прыгожыя пярсцёнкі. Не трэба раздзявацца цалкам, толькі да бялізны. Я кажу ёй, што яна вельмі адэкватная, нечакана адэкватная. Яна адказвае, што ваенная і не мае дачынення да турмы, яе проста папрасілі зрабіць агляд жанчын.

меня осматривала приятная женщина мы с ней так хорошо поговорили она меня прям поспрашивала раз пятнадцать задала мне вопрос там не бойся там если тебя били скажи мне говорю да не били меня а потом я снимаю штаны она говорит тебя точно не били я думаю что она так пугается смотрю а у меня все бедра в синяках ну потому что на окрестина эти матрасы не матрасы совсем и все-таки эти прутья на мне так нормально отпечатались...

цветы были с собой сухоцветы их забрали она сказала что они погибнут я говорю не погибнут они окрестина пережили задержание до этого...

чацвер, 10 верасня

Вяртаюся, дзяўчаты расказваюць, што гэты начальнік тут нашай малодшай спінку часаў... А ён працягвае здзекавацца. «Ну что, будет вам в пятницу дискотека».

Божачкі, што такое дыскатэка?..

два там даже по-моему начальника было и все с биполяркой у меня большие вообще вопросы к этой системе да кого там назначают на должность это ж реально страшные люди они же частично невменяемые от них можно ждать чего угодно вот он сейчас стоит шутит потом секунду у него меняется даже вот глаза меняются и он начинает уже орать...

Пакуль мы стаім тварам да сцяны, паблізу ў кабінеце начальнік раве на затрыманага, таму што той не так склаў рукі за спіну. Раве і пагражае, што той будзе выконваць іхнія правілы, хоча ён ці не. Маладзёны фліртуюць з нашай малодшай. ▮▮▮▮ пачынае плакаць. ▮▮▮▮ цвёрдым голасам просіць, каб мы сабраліся. Я працягваю руку пагладзіць ▮▮▮▮ па плячы.
«Убери от нее руку», – загадвае Уладзік.

я говорю девочки тише не подавайте свою слабость не проявляйте их наоборот это больше заводит... но он что-то там начал говорить типа да не плачь никого тут не бьют предложил воды... а до этого на парней орали страшно они там просто психопаты сейчас нормальные а через секунду могут человека убить...

**Нас хочуць раздзяліць па розных камерах, і я лагодным голасам прашу пакінуць нас разам.
Нарэшце мы ў камеры, разам. Такая палёгка.**

ну и когда я попала в камеру конечно я смешно очень смешно но я попала как будто в санаторий реально здоровая камера на ▇ человек там я встретила знакомых хороших знакомых ну и конечно стало в разы легче. у девочек у всех были тоже передачи потому что накануне были передачи а я конечно как не евши практически трое суток на тот момент я конечно чуть с ума не сошла от радости и поесть можно и нормальной воды можно и умыться тоже нормально и одеялки есть даже...

в камере мы сначала со всеми познакомились 100 % людей с высшим образованием два парня было получается они когда шли маршем по нашему маршруту они убежали но их координаты запомнили и вычислили подогнали бусик на площадь победы избили пришел с фиником молодой такой парень мне так жалко его было я говорю так а чего избили? он кепку берет а там написано лошки-петушки...

Нам даюць некаторы час раскласціся, мы паспяваем трошкі прыбрацца і працерці ўсе паверхні вільготнымі сурвэткамі. Выключаюць яркае святло. У перадачцы я знаходжу рэчы, у якіх будзе камфортна і цёпла спаць. Дзве пары шкарпэтак, паверх легінсаў нацягваю спартовыя штаны, на майку – кофту, яшчэ кофту паверх. Кладзёмся спаць.

ты не знаешь что будет дальше   вот настанет утро и что будет дальше...

Трымайся!!! Перамога наперадзе:) Мы за цябе перажываем:(

, мы с тобой♡ ♥ ♡   Любим и обнимаем.

пятніца

11 верасня

**У нашым акне шчыліна, і спаць вельмі холадна. Можна спаць парамі, але на гэтых матрацах і так складана легчы так, каб не балелі косткі. У мяне не баляць толькі ў позе эмбрыёна… Але я не магу так ляжаць увесь час: цела не адпачывае.
Заўважаю, што баліць рука. Напэўна, за яе пацягнулі, калі я падала. Я адчула боль раней, але толькі цяпер усведамляю яго.**

Пад'ём а шостай. У раскладзе напісана, што матрацы трэба скручваць і да 22-й гадзіны нельга сядзець на ложках. На ўсялякі выпадак скручваем матрацы, але ніхто не правярае – і мы так больш не робім. Там наогул лепш не старацца лішне кіравацца іхнімі правіламі, каб яны не адчувалі сябе поўнымі гаспадарамі.
Не рабі, пакуль можаш не рабіць.

распорядок дня этот утром нужно скрутить постельное белье скрутили всё сидим   сидим ждем чего ждем непонятно и они кормушку эту открывают проверяют тебя для них это своеобразная такая забава или что это было…

Шакаладка ратуе мой сняданак. Праўда, пасля каша часта бывала салёнай, тады прыдаліся гарэхі з сухафруктаў.

ервая каша которую мне дали я ее съела с большим удовольствием я подумала даже что я буду готовить ее дома если найду рецепт. обычная овсянка на молоке но почему-то вкус у нее был хороший какой-то такой домашний…

**Нам даюць адзін кубак
чаю на дваіх.** ▮ **зычыць ім,
каб у іх жонка была адна
на дваіх. Рагочам.**

вообще все такие веселые девчонки   в принципе
мне даже кажется может это какая-то защитная ре-
акция ну потому что   понятно было что не будешь
рыдать все эти тринадцать суток которые тебе дали
нужно как-то разукрашивать свою жизнь юмор это
очень хороший инструмент   ирония   и просто   какие-то саркастические шутки шутки насчет этих вот
охранников насчет всех этих судов что проходили…

**Аб кубачак можна пагрэць рукі. У камеры
толькі кран з халоднай вадой. Маральна
рыхтуюся памыць галаву праз сем дзён.**

я еще постоянно писала всякие новости   про тебя
отмечала на твоей странице и ▮ написал спасибо тебе большое что ты пишешь про ▮ а я такая думаю блин чувак я уже в состоянии коматоза
блин я не могу принимать благодарность я хочу просто   жечь убивать поддерживала твою сестру. потом
мы все объединились потому что у меня уже начали
сдавать нервы чё-то как-то всем всё отвечать и это
было довольно сложно скоординировать в итоге мы
объединились в чатик и это было просто прекрасно…

гэта ўвогуле было такое пекла было напэўна за ўсе гэтыя паўгода гэтыя дні былі самыя цяжкія для мяне ну таму што калі ты выходзіш ты перажываеш толькі за сябе а мы ж не ведалі ні як ты ні што ты і ўсе гэтыя матлянні з перадачамі гэта таксама і нервы і эмоцыі і стрэс і ўсё такое вот і я ў прынцыпе ж не кампанейскі чалавек і мне заўсёды цяжка там я не ведаю ўключацца ў дапамогу такую у мяне адразу заўсёды ступар але тут я зразумела што давядзецца неяк вылазіць са сваёй скарлупіны ну таму што адна я рады не дам і я зрабіла чацік і я калі яго рабіла я рагатала таму што я так і напісала я не прыдумала як яго назваць і назвала «не прыдумала назву»...

> лично мне сидеть было намного проще чем потом ну ждать людей снаружи которые сидят...

Над ракавінай уплішчана ў сцяну маленькае люстэрка з трэшчынай. Упершыню за тры дні бачу сябе ў люстэрку. Не тое каб мяне непакоіў мой вонкавы выгляд – я бачыла, што дзяўчаты выглядаюць прыстойна і меркавала, што, значыць, я таксама. Толькі валасоў спрабавала не кранацца.

Бачыць сябе ў люстэрку – значыць вылучаць сябе ў прасторы. Дзіця праходзіць стадыю люстэрка паміж 6 і 18 месяцамі, упершыню прызнаючы сябе, пазнаючы сябе ў люстэрку: гэта – я. Мы не можам бачыць свой твар, як не можам бачыць некаторыя часткі свайго цела – ніколі не ўбачым іх на ўласныя вочы: толькі праз іншых альбо ў люстэрку. У турме маё цела існуе асобна, адасоблена ад свядомасці. Люстэрка – мой адзіны спосаб упэўніцца, што я ўсё яшчэ я. Толькі глядзіць на мяне не дзяўчына, а дарослая жанчына, стомленая і пастарэлая.

у нас наконец было зеркало   мы наконец себя могли увидеть за за столько времени 4-5 дней я увидела что у меня пробор кривой начала уже прихорашиваться   уже сразу себя чувствуешь человеком было приятно вот я живая   родная всё хорошо всё на месте…

я увидела себя в зеркало нормальные такие синяки были под глазами это видимо от обезвоживания и от того что свежего воздуха особо не было…

Мне перадалі нататнічак!

хацелася перадаць самае лепшае нешта такое прыгожае перадаць…

І канверты, але я не памятаю нічыіх адрасоў, акрамя бацькоўскага. Што пісаць? Ці ведаюць яны, што са мной? Трэба іх, напэўна, супакоіць. І каб прайшло цэнзуру?

Напісала бацькам, што не зрабіла нічога дрэннага – проста выкарыстоўвала сваё права на свабоду выказвання і свабоду мірных сходаў. Што я ў Жодзіне, нас тут кормяць і не б'юць. Мне было важна гэта напісаць, я хацела, каб мая сям'я ведала, што маё затрыманне – несправядлівае. Мне хацелася быць моцнай.
І хацелася падтрымкі.

мне позвонила твоя подруга ▋ и сказала ▋ вы только не волнуйтесь но ▋ задержали. конечно я очень сильно разволновалась у меня слезы выступили на глазах я думаю блин что могла сделать такая вот молоденькая хрупкая маленькая девушка милиции что ее могли задержать. очень было страшно что долго не знали где ты долго искали сразу не знаешь что тут делать я часто звонила ▋ мы разговаривали с ней она меня всё время успокаивала говорила не волнуйтесь не волнуйтесь. меня очень волновало самое главное чтобы к тебе не применяли физическую силу потому что это страшно тем более зная понаслышке что происходит при задержаниях с девушками и с мужчинами ну это страшно меня очень сильно волновал этот вопрос. я очень переживала долго переживала пока узнали где ты и что с тобой...

узнала я от ▋ нашей. ну как отреагировать может мать конечно была очень расстроена переживала очень за тебя. плакала. спала плохо. думала как тебе помочь ну а что поехать в минск мы ж не знали где ты сразу же никто ж не сказал. переживала чтоб не издевались над тобой и там же никаких условий нету за здоровье твое переживала наслышалась же что там и били и условий таких вот нет подмыться толком ничего. и передачу няма как передать куда там передать. конечно мне не было стыдно я и сейчас встретила воспитательницу в садике детском работала она тебя хорошо помнит спрашивает как ▋ я говорю моя ▋ жизнь бурлит и на митинги ходит и даже задержали раз она говорит какая молодец ты ж ее поддерживаешь? говорит надо поддерживать. а у нее муж бывший милиционер я говорю а как он вот среагировал на это она говорит ну как даже слушать про лукашенко не хочет...

отреагировал я категорически согласен с нашими властями вот в такой форме отреагировал. подумал что влипла. потому что я знал в принципе твое настроение к данным ситуациям что и должно было случиться. я зная твое отношение к этой системе знал что ты там все-таки была не так просто. ты была с теми кто был виноват и ты была за них целиком и полностью...

мае сваякі гэта асобная тэма яны там пакуль нас да суда трое сутак трымалі яны трое сутак пратырчалі пад акрэсціна мы іх бачылі з вакна і мы ім там паказвалі сыходзьце валіце што вы тут стаіце а яны як на працу прыязджалі і там сядзелі некаторыя на пледах там такія рыбацкія стульчыкі даставалі ну тады яшчэ было цёпла. яны пакуль я сядзела ўстроілі такі типу флэшмоб рабілі ў падтрымку мне плакаты выходзілі на марш з гэтымі плакатамі ставілі на маіх любімых месцах дзе я люблю бываць адзін сябар гуляў у футбол забіў гол і падняў сваю спартовую майку а там пад нізам яшчэ адна і там было напісана свабоду ▇▇▇ дзеці маіх сяброў хадзілі са сваімі дзіцячымі плакаціками брат таксама з дзяўчынай рабілі акцыю падтрымкі а выходзілі яшчэ там на офісе на балкончык з плакатамі. адзін дырэктар тры дні разам з маімі сваякамі прастаяў пад акрэсціна…

З эннай спробы перадала яго супрацоўніку, якога мы назвалі «жырная свіння».

«Так не надо было заклеивать», – гаворыць ён мне, лёгка раскрываючы канверт. Ужо потым я даведалася, што ліст не дайшоў.

пятніца, 11 верасня

Прывітанне, ▇▇▇▇!

Учора адправіў табе першы ліст. Але адправіў яго на Акрэсціна. А сёння даведаўся, што цябе перавялі ў Жодзіна. Мо той ліст прачытае нейкі сяржант і выкіне.

Часта на нейкія прыкрасці ў жыцці я гляджу як на кароткі адрэзак часу. То-бок гэтая прыкрасць мае свой канец. І я сябе настройваю, што гэта закончыцца. Я ніколі так не мог прымерацца да сітуацыі ў краіне, цяпер магу. Трэба толькі рабіць што можаш і чакаць. Ты пры сустрэчах заўжды выпрамяньваеш аптымізм. Спадзяюся, што і мой цяпер дойдзе да цябе. І цябе ніштo не здолее засмуціць. Табе цяпер не бачна гэта, але я / мы цябе любім, чытаем твае вершы, ФБ у тваіх фота і тваіх радках...

я думала что в понедельник я приду и как-то попробую передать тебе письмо или не знаю приду тебя встречать мы еще не знали что будут этапировать кого-то то есть это всё тогда было очень странным и типа новым. и вечером пятницы я вернулась в минск и если честно я не знаю у меня опять же из-за того что это было что-то какое-то супер непонятный незнакомый опыт я не понимала что можно хотя бы попробовать написать тебе письмо или как-то передать попробовать какую-то телеграмму ну то есть сделать что-то вот такое...

мне писали письма мне ж ничего не дошло но было прикольно я не думала что они так беспокоились...

Туалет. Без дзвярэй. У які сорамна хадзіць. Пра тое, што прыйдзецца ісці, думаеш кожны раз, калі ясі.

ну а так да ну трэба было навучыцца прабачце сраць прылюдна ну што навучыліся значыцца што рабіць...

▮ перадалі сканворды. Гадоў дзесяць не разгадвала іх, а рабіць гэта калектыўна – дужа займальны занятак.

вот реально я даже не представляю как так вышло но за сутки часов шестнадцать как-то мы спали. ночью спали потом думаешь господи чем заняться ладно ляжем еще и опять все спят...

пятніца, 11 верасня

Пазней мы скарысталі іх як інжынерны інструмент, якім рэгулявалі акно: зачынялі, калі рабілася холадна, адчынялі, калі патрэбны быў кісларод.

**Замкнёная прастора на чатырох – гэта абставіны, у якіх хутка збліжаешся.
І вось мы ўжо размаўляем пра самае інтымнае – пра свае каханні і былых, пра тое, як склалася і не склалася, пра секс.**

разговоры вот эти наши которые были в камере это тоже интересно столько всего повылазило может быть в обычной жизни ты это куда-то прятала боялась себе в чём-то признаться а здесь как-то ты так опа и рассказала и как-то немножко по-другому стала относиться к данной ситуации такой маленький психоанализ за решёточкой...

Чаму мы тут?

я хотела позаниматься спортом и я почему-то жестко хотела гречки и вот мне дали гречку в первый день на окрестина. девочки хотели перестать читать социальные сети а я еще выспаться хотела работали же с утра до ночи не было времени выспаться. кто-то хотел перестать читать новости отдохнуть от них кто-то хотел начать читать книги. ▮ буквально за несколько дней до задержания жаловалась мужу что у нее нет новых подруг что она совсем одна пожалуйста. то есть реально все чего-то вот такого вот хотели и все получили...

это всё уже длилось больше месяца поэтому именно какое-то психологическое состояние у меня было прям не знаю критическое вот постоянно были не знаю паника панические атаки концентрироваться на работе вообще невозможно постоянно вот выходя куда-то на улицу стресс был просто огромный все эти новости которые каждый раз читаешь вот поэтому в этом плане наверно в каком-то смысле я не знаю либо я ждал либо ну вот я даже был рад что уже забрали уже посмотрел что там потому что постоянно только вот читать и не знать что тебя ждет скажем так с другой стороны ну это всё уже утомляло. поэтому эти девять суток были ну не знаю как глоток воздуха да чтобы и отдохнуть от каких-то от новостей да от постоянного чтения такой вот весьма нестандартный   отпуск…

Гэтымі напаўжартамі мы спрабуем патлумачыць невытлумачальнае: чаму нам далі «суткі», а іншым – штрафы, чаму камусьці з нас далі 9 сутак, а іншым – 11, 12, 13… Насамрэч, гэта латарэя. Рана ці позна нас бы ўсё адно затрымалі, бо мы бывалі на адных і тых жа «прагулках», стаялі побач, яшчэ незнаёмыя. Восьмага верасня проста кола замкнулася.

▓▓▓ мые галаву пад ледзяной вадой
і пакідае ў ракавіне свае чорныя валасы.
Малюе бровы простым алоўкам. Спіць.

слава богу что она конечно спала потому что мне ее эти редкие минуты бодрствования давались тяжело… она совершенно глупая и неинтеллигентная для меня лицо революции это не ▓▓▓ потому что революция она такая интеллигентная добрая умная а ▓▓▓ это вообще в этом мне кажется случайно оказалась из-за юношеского максимализма а не за вот идею. отсутствие своей точки зрения своего мнения она просто поддалась волне общей что ли…

> **вядзе спісы: спіс заняткаў за дзень, спіс таго, што на волі трэба пагугліць, спіс таго, што трэба класці ў перадачу.**

мы же составляли список типа вещей о которых ты сразу не подумаешь. у меня были самые лучшие передачи в плане функциональности потому что там как бы там всё было там даже то о чём бы я не подумала я такая откуда вы это знаете у вас что   кто-то сидит? мне передали эту звездочку   я бы не догадалась   мне передали плед его тоже не всем передавали а этот вообще супер. я люблю много одеял и вообще это прекрасно потому что эти одеяла которые там были там конечно не такие прикольные они вообще какие-то ужасные   и если у тебя есть свой плед то это вообще восхитительно...

> **штовечар закрэслівае дату ў імправізаваным календары. Ты як бы не лічыш дні, бо калі фіксавацца на тэрміне, ён здаецца бясконцым і трымацца цяжка. Але ўсё адно ты лічыш дні.**

я понимала что злиться совсем нельзя потому что можно з глузду з'ехаць но у меня красной нитью постоянно конечно таким фоном шло осознание что какие-то   не особо одаренные люди просто забирают у меня самое драгоценное время и абсолютно беззаконно. но я старалась переключаться потому что понимала что в этом смысла мало...

цяпер здаецца дзевяць сутак нармальна не многа а тады   дзевяць сутак гэта здавалася проста   ну   мяне вельмі штарміла я памятаю што адразу мне неяк нармальна было таму што мы адразу былі занятыя нейкімі двіжухамі ведаеш там ціпа   сабралі передачку вось суд перзезды там нешта стусаваліся там з тымі спісаліся там пазнаёміліся а потым ты як заўсёды трапляеш   мяне проста пачало моцна крыць у чацвер-пятніцу я вельмі шмат плакала ну яно ведаеш усё разам з усім   таму што стома ж таксама накоплівалася ну і я разумела што трэба прымушаць сябе хоць трохі адпачываць каб не зваліцца туды ў тую ж яму   плюс было страшна стала адразу страшней таму што мы разумелі што ўсё   жанчын забіраюць значыць нас наступным разам забяруць. было проста адчуванне што вось нейкае знаеш   зацямненне такое   то-бок вось ты трымаўся трымаўся   ну і ўсё стала вельмі дрэнна...

пятніца, 11 верасня

Последние дни теплой осени. Говорят, что скоро будет привычная слякоть и сырость.

Хочацца фатаграфаваць тут усё – столькі дэталяў, нібы гэта кіно ці інсталяцыя. Не фізічна, дык хаця б эмацыйна перастварыць бруд у мастацтва. Нагадваю сабе, што я паэтка і магу маляваць словамі. Запісвай, запісвай, пішы. Не магу. Не хачу. Ступар – у школе я не магла скочыць цераз казла: разганялася, бегла, дабягала да яго і станавілася як укопаная. Цела маё не хоча, каб я запісвала, не хоча, каб запамінала, хоча, каб я вызваліла яго адсюль. Усё астатняе – самападман.

пятніца, 11 верасня

Пасля абеду на ўвесь калідор грае «Я свободен!». Не ведаем, плакаць нам ці смяяцца. Потым прыйшоў час «дыскатэкі»... На шчасце, за гэтым не стаяла нічога страшнага. Яны ўключылі радыё і вывелі нас у прагулачную камеру. Глядзім на неба за кратамі. Яно сонечнае. Настрой узнімаецца, і мы з ▇▇▇ танчым пад рускую папсу. Я танцую, таму што магу. Але бачу, што за намі назіраюць, і зачыняюся, згортваюся адразу. Не дастаўлю ім радасці бачыць, як я танцую. Апошнія хвіліны мы проста пераступаем з нагі на нагу.

короче он нас вывел гулять и закрыл за нами эту сетку да дверь а по правилам нельзя ж смотреть там дальше людей ведут только ты ж ни в коем случае не смотри. а ▇▇ она там растерялась то ли не услышала или просто затупила она стала возле этой двери нас закрывают и просто смотрит на пацанов которых ведут дальше гулять по этому проходу по коридору и он как начал на нее орать ты что бля что ты смотришь щас нахуй отсюда пойдешь и этой дубинкой по-моему по двери даже дал я стою такая говорю ты что больной что ли что ты орешь на человека мы что здесь живем что ли чтоб знать твои конченные правила...

прогулки эти даже сложно назвать прогулками на самом деле выводят тебя в эту клетку на 10-15 минут типа ходишь себе бродишь туды-сюды на месте топчешься только небо видишь но конечно хоть какая-то радость небо помню солнышко вышло мы такие все под солнышко все в один уголочек такие собрались стоим греемся. когда музыка какая-то хорошая играла мы там танцевали такая прям дискотека я бы даже дольше в такие моменты оставалась...

Вечарам да нас далятае пах шашлыку – пятніца, можа быць, супрацоўнікі сапраўды смажаць шашлык. Ад гэтага брыдка і трывожна. Я не магу пазбавіцца трывогі, бо памятаю, што адбывалася дзявятага, дзясятага і адзінаццатага жніўня, хоць нас яшчэ на ўваходзе «суцешылі», што тут нікога не б'юць і добра кормяць. Пра тое, што тут людзей не білі, нам паўтарылі некалькі разоў. Можа, самі спрабавалі паверыць?

я думала што мне дапаможа канцэрт гэта быў канцэрт такі там былі irdorath стары ольса там усё такое жыве беларусь то-бок канцэрт у падтрымку было шмат сваіх людзей але я памятаю што я ўсё роўна не вельмі то-бок ну ціпа ты стаіш на канцэрце табе прыкольна добра весела але табе ўсё роўна неяк ну не вельмі спакойна...

вот пятница и я думала что нужно сидеть тихо и не петь песни потому что они там напьются и там уже хрен знает что будет я думала про то что нас могут избивать...

в одну ночь там всё начальство ушло домой отдыхать и вот эти вот пацаны резвились там на этаже невероятно и они всё туда-сюда ходили и всё стебали его ну шо стёпа сходи на второй этаж посмотри как там дела стёп там кажется жыве беларусь кричали га-гага. типа они его троллили...

Жаль, что ты не видишь эти последние летние закаты.

Thinking about you every day.

субота

12 верасня

субота, 12 верасня

Снілася, што дома мяне не чакаюць і калі я вяртаюся, гэтага ніхто не заўважае...

те девять суток которые сидел мой друг давались очень тяжело я очень плохо спала потому что было ощущение что ну вот он сидит я не сижу...

письма тебе всякие писала думаю блин сядзіць там гэтая дзяўчынка плача...

девять дней я волновалась я себе места не находила именно из-за неведения где ты как ты и что с тобой...

я очень усердно звонила в жодино а ▮▮▮▮▮▮▮ у вас? мужчина мне ответил да вы уже десятая кто спрашивает об этом у нас она у нас я ему говорю да вы не волнуйтесь и еще десять человек позвонит он наверное в какой-то момент мог просто поднимать трубку и говорить да ▮▮▮ у нас какие-то еще вопросы?..

З месячнымі тут складана: ляжаць на жалезным ложку, хадзіць у туалет, які не мае дзвярэй, перад гэтым доўга збіраючыся з духам...

Дзяўчаты ў суседняй камеры гучна спяваюць «Грай», а мы перастукваемся «Жы-ве-Бе-ла-русь» – адзіны спосаб камунікацыі са сваімі, прытым разыходзіцца ён у бакі, а таксама на паверхі ніжэй і вышэй. Адказваюць з суседняй камеры, тады покліч разлятаецца па турме, і мы супакойваемся: нас многа, мы разам.

> естественно мы как и все перестукивались там через стены через пол по батареям...
>
> мы там вспоминали тексты какие-то ну песен различных ляписов воины света еще какие-то опять же что-то пытались вспоминали пели и у нас один был который хорошо пел я не знаю чуть ли не оперным голосом мы его заслушивались...

Пасярод стала другі дзень ляжыць некрануты бохан чорнага хлеба. Хлеб пякуць зняволеныя «валанцёры» тут жа, у Жодзіне. Можа быць, таму ён лепшы за акрэсцінскі, ежа тут у прынцыпе лепшая, відаць, таму, што гатуюць самі зняволеныя, па сутнасці, для сябе.

Мы ўсё адно не кранаемся яго: ёсць перадачы – пячэнькі там, шакаладкі, зефіркі, гарэхі. Але мне няёмка ад таго, што ён тут ляжыць. Гэта ж хлеб, гэта ежа, камусьці, напэўна, ён патрэбны – і мне так балюча разумець, што вось як гэта прыніжальна, што для кагосьці гэты нясмачны, няякасны, незразумела ў якіх умовах і якімі рукамі выпечаны, непрыгожы турэмны хлеб – радасць, таму што лепшага няма.

мы какую-то какую-то еду   сладенькое у нас лежало в одном месте а вся остальная еда в другом у нас же были разные полочки для разных вещей. мы всё вместе складывали потому что   и так все в одной ситуации плюс   кому-то передали две передачки три   а кому-то только одну   и чтобы тоже как-то поделиться чтобы   всем было комфортно как-то так скидывались…

Сегодня еще раздавали газеты по ███████ и ели арбуз. Все время думаю, что вас там кормят каким-то дерьмом. Хотя парень сказал, что похоже на школьную столовку. Ну хоть так. Помню, какие-то из этих блюд мне даже нравились.

**Рука цягнецца да валасоў, але своечасова згадваю, што даўно не мыла іх, і апускаю руку. На нашыя пытанні і просьбы пра душ чуем: «А что нам за это будет?» і «Смотря как вы себя будете вести».
Думаю пра новую Канстытуцыю і пра тое, што трэба будзе ўважліва азнаёміцца з праектам, каб нас не падманулі зноў.**

сидим мы такие ну там   довольно веселые да где-то обед   тут к нам завозят такого   солидного мужчину   в костюме   с бородой с такой   и с библией в руках   мы все смеялись что там в этом расписании там же это   мероприятия воспитательного характера   и мы вот   реально подумали сразу что нам батюшку привели какого-то будет   воспитывать нас   а потом увидели что у него   брюки получается вот по шву   полностью полностью штанина порвана   то есть получается он как вот в костюме в туфлях был   так его и забрали…

и мы всё смели реально чистая камера в плане ни на столе ни на полу ничего нет всё распихали попрятали   сели я такая чего-то не хватает   да простят меня никому ничего ничьи чувства обидеть не хочу но у нас была книжечка маленькая новый завет я поставила новый завет на стол и такая вот теперь хорошо   и заходит проверка кристальная чистота ███████ девочек и новый завет. тогда наши часы забрали…

> Калідорны даў мне мае
> таблеткі для шчытавідкі,
> але я забіла. Іх трэба піць
> за гадзіну да сняданку, але
> як даведвацца час?

нам как-то повезло что у нас были часы мы время хоть смотрели. там был такой вертухай бешеный из рук часы вырвал он всё бегал кого-то искал он реально наверное думал что мы сейчас бомбу сделаем и взорвем его потому что каждый раз когда он к нам заходил глаза дикие что-то бегает ищет думает что мы тут заговор плетем устроим переворот...

> Мыюць калідоры. Кажуць,
> што нам таксама
> прыйдзецца мыць у сябе.
> Брыдка. Але брыдка жыць
> у гэтым брудзе таксама.

я надеялась что на следующей неделе как бы мы увидимся и я не знаю смогу как-то тебя поддержать и что-то сделать но потом наступила суббота и в субботу меня задержали на женском марше и я думала уже зная что есть переводы что я могу с тобой теоретически встретиться в жодино или встретиться с кем-то с кем ты была в одной камере...

> а потым быў жаночы марш на каторы я спазнілася. я з ▇▇▇▇ спісалася што я да яе прыеду і спазнілася на паўгадзіны то-бок я пакуль прыехала яе ўжо затрымалі. мне канечне таксама хапіла мы там пабегалі каля опернага але потым усё роўна прайшліся і вось гэта быў той марш які нягледзячы на затрыманні ён усё роўна адбыўся...

Душ!!!
Цёплы душ!!!

Удзвюх пад адным душам? Лёгка.
Учатырох карыстацца адным мужчынскім
дэзадарантам? Ніякіх праблем.
Мужчынскі дэзадарант перадалі мне,
і дзяўчаты з радасным узбуджэннем
кінуліся яго нюхаць: пах мужчыны...

Нейкі добры хлопчык – мы яго празвалі
Партызан – дзяжурыць на нашым
паверсе сёння. Прынамсі, мы так думалі,
што ён добры.

душ был один раз за всё время и то они там предлагали нам свою компанию я понимаю что на уровне шуток это всё бы и закончилось очевидно потому что им только языком дай почесать но всё равно максимально неприятные ощущения как всё это слышать в этом всём находиться я прям чувствовала что они меня своей энергетикой глупости какой-то тупости вообще они меня в пол вдавливали я уже хотела чтобы побыстрее ушли отсюда и всё не маячили дайте отсидеть не показывайте свои лица просто даже...

мы спросили мы хотим в душ а он спросил можно с вами типа если можно с вами то поведу в таком контексте. раз нас отводили мужики   в душ и мы тогда закрывали   полотенцем окошко...

Вечарам чытаем кнігу ўголас. ▬▬▬ чытае, а мы з ▬▬▬ слухаем – ляжым ці сядзім на маім ложку, накрытыя пледзікам, альбо абдымаемся, альбо проста блізенька-блізенька, плечыка да плечыка тулімся.

помогало когда
мы книжки
вместе читали
было намного
спокойнее
и вот
физический
контакт мне   я сохранила
бы эти сутки   книгу вот
дались намного   эту куриный
тяжелее если   бульон это
бы не было   директор мой
его...   передавал
                                     тоже там
                                     внутри
                                     ждем тебя
                                     записочка
                                     я узнала его
                                     почерк...

приятно было наконец почитать   в обычной жизни времени особо не было   всё что-то где-то спешишь   а тут   представился момент почитать наконец-то   вот еще ▓▓▓▓▓ мне дала такую интересную книжку   как она называлась   легкая   невыносимая легкость бытия   вот и там как раз   во времена коммунизма   как чехию оккупировали   наши советские и тоже там типа репрессии преследования   знаешь   тоже нельзя было ничего оппозиционерского написать в газете потому что к тебе сразу   приходили и могли даже уволить с работы   или попросить написать в эту газету что я   отказываюсь от своих мыслей так знаешь   переплетается   да   ничего не изменилось   за эти годы...

субота, 12 верасня

Пераймаюся, што на волі ў мяне засталіся незавершанымі важныя працоўныя задачы… Адчуваю віну.

на нас кожны дзень абрушвалася лавіна навінаў і кожная з іх абсурдней і жэстачайшэ за іншую і мы працавалі з дзевяці да адзінаццаці…

я переживала очень за родных   за маму   за сестру   вот и   это меня больше всего давило…

Многа гутарым, бо калі перастаём, вяртаецца трывога. Калі даходзіць да магчымых варыянтаў развіцця падзей, хочацца схавацца, скруціцца і не быць. Але мы ўсе ўпэўненыя, што пераможам.

я   я понимала что меня задержат   потому что   я уже видела   что я не смогу убежать мы стояли в сцепке я подсаживала   кого-то   чтобы перелезть через   террасу и   они смогли убежать. я выбрала не сопротивляться   и   единственное что мне досталось   это такой как бы   жесткий захват скажем   руки   но вообще задерживали жестко одну девочку забросили в автозак   одну девочку заталкивали она   там упала на колени а ее всё равно туда заталкивали   но я не помню всё потому что меня в автозаке   как-то накрыло. ну мне кажется было окей просто потому что никто не боялся как будто бы   и   кто-то снимал там   видео в инстаграм   кто-то звонил родственникам   кто-то писал в фейсбуке   ну то есть   мне кажется мы еще тогда не понимали что это всё   как бы серьезно   и может быть мы думали что   ну как бы   нас отпустят или не знаю что нас там   подержат сколько-то там дней и   потом отпустят   вот а когда нас уже пересадили из этого автозака в автозак с этими камерами   то есть в первом автозаке было темно то есть там не было света какое-то время   а потом когда его включили я помню что там были надписи   а в ▓▓▓▓▓▓ рувд куда нас привезли   нас держали на улице в таком   гараже   и вот там точно была кровь и это было   ну   видно и определимо и это было   стрёмно потому что там какие-то стяжки валялись на полу ну короче это вот было такое очень   не знаю какое-то гнетущее   ощущение что   ты вот стоишь где-то и понимаешь что там практически со стопроцентной вероятностью   били людей и   пытали…

198

такія дзяўчынкі мы не разумелі як такое ўвогуле можа быць то-бок гэта быў напэўна такі час калі наша пэўна вера пакасілася таму што мы не чакалі мы думалі што вось мы дзяўчынкі такія хрупкія нежныя адстаялі там адзінаццатага там дванаццатага жніўня ўсё адстаялі зараз сваімі маршамі ўвесь свет перакулім а тут бац і не. я сябе адчувала вельмі ўязвімай то-бок гэта быў пік маёй жаночай нейкай уязвімасці. і потым як быццам бы ты выбудоўваеш назад усё па кірпічыку назад усё выбудоўваеш нейкімі простымі штукамі як можаш так і выбудоўваеш…

Вечарам спяваем песні з майго юнацтва, хоць мы рознага ўзросту, але ўсе ведаем гэтыя песні.

петь песни было моим любимым занятием…

дзеўкі спявалі народныя песні ну ладна там усе заўсёды спявалі муры і ўсё такое а яны спявалі народныя і яны чамусьці іх усе ведалі і ў некалькі галасоў у мяне проста наварочваліся слёзы калі яны спявалі так вот калі ўжо так позна і пасля адбою і яны так ціхенька і так прыгожа ну проста я лічу гэта за шанцаванне з такімі пабыць людзьмі…

«Доброй ночи, парни, доброй ночи, дамы», –

можа быць, такія, як гэты, прыносілі затрыманым ваду 9-га, 10-га, 11-га...

Хочацца ўласнай прасторы, але яе я атрымліваю, толькі калі гасяць дзённае святло і ўключаюць начное.

первые наверное дней пять-шесть вообще был гам полный шум потом народ начал уже выходить откидываться так сказать и   плюс все устали.   я до сих не представляю как я осталась в себе с таким количеством людей в одном пространстве постоянно с туалетом просто вот в трех сантиметрах от тебя...

у меня есть   загогулина я боюсь звуков   мне не нравятся звуки чужие   мне не нравится когда люди едят когда щелкают пальцами а еще я стеснительная с незнакомыми людьми я не могу пойти напрямую сразу сказать   я сидела постоянно в берушах для меня эта еда была постоянной такой пыткой   и это всё копилось копилось копилось   но   никакой агрессии не было между нами это было супер клёво столько времени провели вместе   и всё так   благополучно   оставалось внутри. и чувствовалась поддержка   хотя мне когда плохо я пытаюсь закрываться...

ты не можаш нічога зрабіць   ты не можаш пайсці і вызваліць   а такі чакаеш проста пакуль цябе выпусцяць   і не паразмаўляць не спытаць як ты і што ты там нармальна табе не нармальна   такое ўсё   ну і так тут   прыходзіла да цябе   сюды   каб адчуць   хоць частку цябе   тыпу там нейкімі   крэмамі якімі ты карысталася ці яшчэ там што-небудзь ведаеш   адчуць частку   ну і ўвогуле   каб пакой не пуставаў калі тут святло гарэла   для мяне ўвогуле гэта лягчэй   нейкая такая прысутнасць каб была...

Начное святло гарыць усю ноч,
я складваю майку і кладу яе на вочы.
Так рабіў мой былы муж: я падарыла яму
маску для сну, а ён усё адно накрываўся
майкай. Чую, як адчыняецца маленькае
акенца ў дзвярах і на нас глядзяць...

все жалуются на эту луну   что она как-то в глаза светит а мне как-то было нормально потому что я закрывалась   когда мне надо было   капюшоном и   если бы вообще этого света не было мне было бы очень некомфортно. при том что я темноту люблю мне там в жодино ее вообще не хотелось и при этом такой приглушенный свет ты можешь и что-то себе записать и   настроение такое   не знаю   романтичное что ли. ну это было приятное время но   было лучше скорее заснуть   чтобы не думать ни о чём. засыпалось легко   первые пару дней снились всякие неприятные сны   а потом   нормально было...

потом уже когда ты стал понимать режим дня   режим ночи
то есть что тебя ждет   стало спокойнее...

По вечерам уже становится холодно. Все думаю, что в тюрьме еще холоднее.

нядзеля

13 верасня

нядзеля, 13 верасня

...Но никогда не забуду этот ебучий холод...

Нічога страшнага не адбываецца, акрамя таго, што нас незаконна пазбавілі волі.

да я переживала это все-таки обстановка совершенно другая когда тебя полностью лишают всяких свобод то есть что там охранник решит можешь ты сегодня идти на улицу или не можешь можешь ли идти в душ или не можешь может свет тебе включить или выключить всё это уже не в твоих полномочиях ты просто сидишь как бы ждешь ждешь свободы это тяжело вот именно психологически физически еще типа окей ладно посижу в камере бывает же такое дома сидишь сутками но просто отношение к тебе как к страшному преступнику как будто ты там не знаю кого-то ограбил побил а ты просто вышел отстаивать свои свободы серьезно? это очень оскорбительно унизительно даже что относятся к тебе как к какому-то отбросу хотя ты по сути ничего плохого не делала вот и вот это меня больше всего угнетало...

ведаеш што я не перажывала што з табой там нешта адбудзецца дрэннае я чамусьці была ўпэўненая што там усё будзе добра але для мяне самае моцнае гэта калі з маімі блізкімі абыходзяцца несправядліва. для мяне вось гэта самае балючае зразумець што вось чалавек сядзіць у турме ну тыпу як? гэта проста вельмі крыўдна гэта асабістая крыўда гэта так перажываецца цябе вельмі моцна крыўдзяць і ты не ведаеш чым дапамагчы не ведаеш як гэтую сітуацыю выправіць. гэта нават не несправядлівасць настолькі гэта абсурд настолькі гэта няпраўда ну так не павінна бы... няма нават такога слова я не магу яго злажыць гэта настолькі зло вось гэта напэўна сутыкненне са злом у чыстым відзе я проста не разумею чаму мы павінны праз гэта ўсё праходзіць...

я помню что
я на работу
ходила
и такая вы
представляете
она сидит
представляете
ей девять дней
сидеть
восемь дней
семь
неделя уже
прошла она
сидит уже
целую неделю
вы понимаете

целую неделю мы тут живем а она там целую неделю сидит...

нядзеля, 13 верасня

Аглядаю камеру: яна здаецца цалкам металічнай, таму што і драўляная падлога, і драўляны стол у ёй такога ж колеру малочных цукерак «Кароўка», як і металічныя каркасы. Тут мы павінны адчуць віну і пакаяцца, але замест гэтага напаўняемся адчуваннем несправядлівасці таго, што з намі адбываецца.

эта
машина
она уже
работала
репрессивная да
и я примерно знала   там
уже были люди   как это всё
происходит что там   капусту
дают   что там всё вот вот так да   что там
делать нечего   только книжки читать. ну то есть
я понимала примерно что   тебя там не по уголовной
статье   а это просто машина   вот такая тупая репрессивная
типа дать тебе там десять суток чтобы ты исправился типа
якобы и полюбил родину наконец   вот поэтому это просто
убитое время убитые   теплые последние дни мне было жалко
что вот   можно было бы сделать то   а то   а это ведь жизнь она
ведь идет и даже десять дней это очень важно   а ты сидишь ни
за что вообще   вообще ни за что теряешь свое время по какой
причине вот эти убогие люди   имеют право отбирать у тебя
это время   ценное   в твоей жизни   и   у тебя это десять суток
у кого-то уже   годы идут   почему   эти убогие люди   имеют право
у тебя отбирать жизнь твою.   вот это мне было обидно просто
потому что уходило лето   наступала осень   и в этот период такой
когда последнее тепло а ты сидишь в этой душной и убогой
ужасной камере и   зачем?   и еще платишь за это какие-то
деньги за то что тебя там   обслуживают   так сказать...

У няволі толькі і размоў пра тое, як мы іх усіх будзем судзіць справядлівым судом.

у меня случилась истерика я просто короче думала что я не понимала чего мне ждать как бы что будет происходить буду ли я одна приведут ли кого-то случится ли сейчас что-то ужасное короче я не знаю мне кажется что я передумала просто все самые катастрофические варианты которые могли быть и чтобы как-то с этой паникой справиться я написала дневник или письмо себе про то как я там ненавижу эту систему за то что они с нами делают и что быстрее бы там уже были справедливые суды чтобы их всех наказали. потом вечером того же дня меня перевели в цип и потом на следующий день нас из цип перевели в жодино. и в жодино нас обыскивали наши вот эти передачки огромные баулы с которыми мы приехали с окрестина и в общем один из надзирателей нашел вот эту мою страничку письма и забрал ее и мне было всё время страшно что что-то со мной будет но так как ничего не было я думаю что он просто ее выкинул может быть ему стало стыдно не знаю…

Нядзеля. Гадаем, ці выйдуць людзі на марш. Гадаем і верым.

> на воскресенье мы себе
> оставили ложку ложкой
> стучали по батареям пока
> у нас не забрали. собственно
> в воскресенье у нас еще марш
> был   мы там вокруг стола
> наяривали вот в воскресенье
> повесили плакат бороться за
> свои права не преступление…

был марш   в воскресенье   я очень боялась идти   но я поняла что у меня просто нет выбора типа как я не пойду   там где-то сидит человечек   за то что вышел   а я буду сидеть   дома и мы пришли на этот марш   а это был марш через   пушкинскую   мы пошли вокруг этого торгового центра палац на   минск-арену   и в какой-то момент за пушкинской под мостом мы идем толпой и просто в нас въезжает наверное пять автозаков   я такая стою и думаю   пришла   вот мы и встретимся и они останавливаются   смотрят что нас очень много и проезжают дальше едут мимо   и мы дошли почти до минск-арены развернулись и вот когда возвращались обратно   наверное раза три   нас омон зажимал с двух сторон   мы через какую-то парковку вообще не понятно как бежали и я помню я пришла домой   и сбросила тебе видео в беседу что я была на марше   и   выглянуло даже солнышко чтобы мне не было так печально и грустно…

> – А нас сегодня выведут
>   на прогулку?
> – Может быть.
>   Индивидуально. Как
>   попросите, ха-хах…

нас ни разу не выпускали   на прогулку   нас два раза   собирались мы там сидели в куртках а потом что-то менялось   и мы в итоге   никуда не выходили   мы слышали как другие ходили нам говорили собирайтесь   а потом мы всё равно в итоге никуда не выходили. и поэтому когда по-моему во вторник   мы собственно на кормушку повесили   бумажку выпускай   с просьбой нас выпустить   вертухаю которые еду развозили   ему шутка зашла…

Хочацца паслухаць музыку ў навушніках... Frühling in Paris Рамштайна. Ужо цэлы спіс гэтых песень, якія паслухаю, калі выйду адсюль.

не хватало хорошей музыки   и кофе больше всего мне   я же всем друзьям в письмах написала когда выходили люди выносили письма наружу я написала что пожалуйста

ничего не надо кофе привезите…

«Калі я выйду, то…» – гэта наогул адна з нашых найулюбёнейшых тэм, хаця чым бліжэй да дня вызвалення, тым мацней яна мяне напружвае, здаюць нервы, хочацца хутчэй, але час не збіраецца паскарацца.

ты уже отсчитываешь и плюс стараешься бодрить людей вокруг потому что же там часто начиналось типа блин еще долго сидеть и я там включала свой любимый прием говорю смотри   послезавтра выходит ▮▮▮▮ а послезавтра от ▮▮▮▮▮ выходишь ты   а послезавтра от тебя выхожу я это же всё так быстро и просто и все там ржали и становилось легче сразу. но конечно у себя в голове я считала дни но никому не говорила про это   потому что смысл говорить это вслух чтобы за собой еще пару человек утянуть типа не-не-не…

гэта вельмі адчуваецца калі прыходзіш дадому і разумееш што цябе не проста няма   а ты сядзіш   і гэта кожны раз   б'е ну і адзінота па-першае і   разуменне таго што ты табе зараз не вельмі добра і што ты ўвогуле знаходзішся ў   несвабодзе…

– Сколько времени?
– Время обеда…

ориентировался как и все по приемам пищи по отбоям и по подъемам…

Мы завялі пакет з пакетамі і згадалі гульню ў марскі бой.

конечно пытались развлекаться из хлеба там шашек шахмат наделали в жодино у нас еще боулинг был сделали ну такие кегли и шарик и вот вдоль вот этой лавочки бросали...

организовали мафию потом начали из хлеба делать эти поделки...

научили там нас играть в тюремный покер там получается как бы не карты а шарики бросаешь шарик и шарик выпадает два шарика и вот эти вот кубики они показывают покерную комбинацию на жаргоне там тюремщиков стрит-флеш стрит каре и чем больше ты очков набираешь тем ты выиграл...

я скетчи делала зарисовывала ситуации или шутки. проверка какая-то была а мы на этой решетке вешали всякие там трусы носки и короче пришел этот мужик а у нас же окно не открывалось ну дядька пришел такой типа я вам щас открою окно нах а он какой-то важный был дядька и было очень смешно смотреть на то как этот начальник этой палкой тычет в эти трусы носки. нас просто пришли потом сильно отругали сказали что будет какая-то проверка а этой проверкой оказался тот самый дядька и это было очень странно потому что на нас наорали сказали убирайте эти носки трусы а потом приходит тот же дядька который уже тыкал в них палкой...

я там вообще творчеством занималась я сделала машинку из мыла ноготочками...

Так цікава, наколькі ў нас усё тут агульнае: ежа з перадачак; кубачак чаю – адна п'е, а другая сёрбае лыжкай, бо гарачы; ложак – можна сядзець ці ляжаць на любым, закінуўшы ногі і загарнуўшыся ў коўдру.

знаешь просто это даже не воспринималось как это мое всё было общее. когда мы заехали мы раскладывались и может на второй день решили навести порядок чтобы всё было четко по местам и как-то так стали складывать всё в одно место потому что и так мы всё это держали на столе каждая свое но на общем столе но мы просто решили навести порядок и сложить это в одно место ну так и вышло что личное стало общим. в шкафчике-купе у нас тоже были общие полочки с ручками и бумагой с туалетной бумагой с какими-то хозяйственными принадлежностями ну потому что опять же кому-то успели передать кому-то не успели что уже жмотиться в таких условиях. у нас была полочка под книги чисто ну там каждый выставил что у него есть ну потому что девчонки которые очень быстро читали у тебя чё есть почитать а у тебя чё есть почитать и одалживали ну и потом проще было поставить всё в одно место чтобы был какой-то порядок опять же забивали очередь я следующая читаю это не брать...

Увялі пакаранне ў дваццаць прысяданняў за мацюкі... Пад вечар цела баліць ад прысяданняў.

спортом кстати занималась так меня фиг заставишь а там и приседала и отжималась потому что столько физической энергии было мышцы эти ноют...

я занялся спортом мы сразу там сет отжиманий там по пятьдесят начиная от раза потом приседания...

**Чакаю, пакуль уключаць
начное святло, каб
застацца ў цішыні.**

у нашай камеры
на чатырох усё агульнае:
вадкае белае
ліпкае вохравае святло
рыпенне ложка
холад скручаны абаранкам
чыстае паветра са шчыліны ў акне
сонца за густым шклом
грукат вольных цягнікоў
бразгат дзвярэй
перастукванне праз сцены

цёплая вада ў душы
дэзадарант
газета сканвордаў
голас які чытае кнігу
згушчаны час
просьбы
праклёны
кашмары
і адно на ўсіх
«калі я выйду на волю…»

пра цябе пачалі пісаць у смі там
публікавалі твае вершы гэта
было добра вельмі…

сегодня воскресенье, а значит
был марш, марш героев

нядзеля, 13 верасня

очень тепло видеть всех
этих людей, и в то же время
невероятно больно понимать,
сколько людей пострадало
и продолжает страдать на пути
к нашей свободе

панядзелак

14 верасня

у нас камера в самом центре была коридора фактически каждый день кого-то подвозили а в ночь с воскресенья на понедельник так вообще. помню как народ сразу из минска повезли в жодино потому что в минске уже не было мест и там всю ночь по коридорам людей таскали   пацанов осматривали допрашивали. спрашивали реально болит ли у тебя что-то или нет   а мы ж сидели всё слушали   какой-то якобы там медик там и вроде был но я не уверена чтобы кому-то оказывали помощь. и ходил этот бешеный с   биполяркой орал я эти блять красно-

белые тряпки если еще раз
увижу всем пизды блять
здесь надаю а там же приехали
все со своими рюкзаками
в коридоре свалили просто
кучу рюкзаков парней
девушек и они тормошили все
эти рюкзаки доставали оттуда
символику и он я топтать ее
буду если я еще хоть раз что-
то здесь увижу если у кого-
то что-то останется. сидели
пытались слушать на камеру
шептали имена фамилии чтобы
понять есть ли там кто-то из
знакомых и да были ситуации
когда слышали знакомые
фамилии...

панядзелак, 14 верасня

Ноччу амаль не спала. Прывезлі многа людзей, гучна і груба рассялялі іх. Лаяліся. Бразгалі клятымі дзвярыма.

Нам сказалі, што прывезлі і хлапцоў, і дзяўчат – нас накрывае. Гэта такая нібыта гульня ў марскі бой: месяц мы былі, як вада, уцякалі паміж пальцаў, хаваліся сярод пясочку, рабіліся ракой, а ў іх – міма, міма, міма. А тады ранілі, ранілі, забілі... Калі я выйду адсюль, трапл́ю ў новы раўнд гульні? Я больш сюды не хачу.

мне вот было страшно потому что иногда передачек не было и никаких записочек не было вот этих вот писем хотя потом как оказалось письма мне писали но они не доходили. обратной связи не хватало такое волнение что может с ними что-то не так может их тоже задержали и даже было страшно немного выходить типа выйду я и что будет вдруг меня опять задержат вдруг что-то еще придумают...

а вот получается у меня в воскресенье как раз друга задержали когда мы сидели его сразу в жодино отвезли и он говорил что в понедельник слышал как девчонки поют а потом оказалось что у него подруга в соседней камере...

потым я прыйшла па даведку на акрэсціна і стаяла там пакуль у чарзе таксама стаялі хлопцы за даведкамі яны кажуць а мы дзесяць сутак адсядзелі ў карцары. іх проста забралі калі ўжо марш скончыўся проста на адыходах схапілі чамусьці пасадзілі ў карцар там дзе не было ні матрацаў ні нар ні перадач перадачы яны кажуць ставілі спецыяльна блізка вось каля дзвярэй да якіх тыпу вось было дзесяць сантыметраў і ў той жа час немагчыма дацягнуцца і яны без кніг без нічога там прасядзелі вот на холадзе і яны вот былі ў маечках і ніякіх у іх не было ні вопраткі нічога яны так прасядзелі дзесяць сутак…

Пад раніцу снілася, што я спатыкнулася і ўпала ў мурашнік… Хочацца плакаць, хныкаць, але трэба трымацца. Мы ўсе тут у адным чоўне, і рэсурсу хопіць акурат на сябе, на суцяшэнне сукамерніц – не.

я всегда была в хорошем настроении все эти дни потому что я знала что как только я допущу чтобы оно хоть на минуту у меня испортилось оно уже не станет хорошим и я понимала что мне будет очень тяжело доживать оставшиеся сутки…

в целом там
как бы в руки
себя взяла
и всё…

панядзелак, 14 верасня

мне было очень тяжело потому что я уже очень много лет живу одна и для меня это странно было что я не могу никак уйти от кого-то. просто как в тюрьме если ты не зашьешь это всё в себе если ты типа не закопаешь это всё очень сильно далеко ты ж просто типа а чё ты сделаешь ты выйти что ли сможешь наружу или что сидеть там рявкать на кого-то у тебя ж этого не получится...

я помню что у нас какая-то такая веселенькая атмосфера была с самого начала. мы с утра до вечера болтали первые несколько дней. если бы такой атмосферы не было я стопроцентно бы просто уткнулась в эту грусть печаль и всё поплыло бы из меня хотя и так иногда бывало периодами просто какие-то воспоминания вылезут эти вот нервные мысли знаешь что может произойти вот и как-то в ступор брала и как-то сложно было себя взять под контроль...

Все выходные не писала, потому что было много важных дел:))) Сейчас уже можно сказать, что всё получилось! Суббота прошла замечательно в компании прекрасных дам, а воскресенье и того лучше! Сама всё скоро увидишь.

У люстэрку ўбачыла вельмі дарослую жанчыну, няўжо так раптоўна можна пастарэць, асунуцца?
Можа, гэта адзенне, якое тут нашу?
Цела пакамечанае, як гэтыя матрац і падушка.
Атрымліваю асалоду, пакуль ваджу ручкай на паперы.
Літары рашучыя, радкі трымаюцца ўпэўнена і роўна.

220

я стала делать записи и еще я написала тогда ▮▮▮ письмо которое я ему не отправлю а мы до этого не говорили друг другу я тебя люблю и я там не написала что я тебя люблю но там был такой текст что понятно было и я подумала что я ему это не покажу но сохраню и может быть когда-нибудь покажу и я ему потом показала ну мы вышли с ним вдвоем и на следующий день он мне сказал я тебя люблю я ему ничего не ответила а на следующий день я ему показала это письмо. и еще оказалось что я ему писала письма а он мне писал письма и мы потом обменялись это было тоже очень трогательно. когда ты пишешь человеку думаешь что вот он прочитает и ты как бы систематизируешь то что произошло за день и тебе приходится как-то обрабатывать немного свои чувства не полностью но хоть что-то и это тоже полезно…

Вільготнымі сурвэткамі памыла ракавіну – адцягнула яшчэ на трошкі псіхоз, які тым бліжэй, чым часцей я гляджу на бруд і валасы, наліплыя паверх кропель мачы да падэшваў маіх ружовых кедаў.

у нас было вельмі шмат прусакоў
у нас была напэўна цёплая
камера і яны ўсе да нас пабеглі…

Нашай самай малодшай нарэшце, праз тры дні, далі пакурыць.

девчонки курили я тоже немножко курила потому что это знаешь какая-то вещь вот из не знаю что-то другое что-то другое что ты можешь сделать в тюрьме хоть как-то отвлечься какое-то времяпрепровождение опять же ритуал какой-то не знаю как это назвать ну просто как-то разукрашивало эту вот обыденность серость. сигареты в жодино можно было держать в камере и у нас они были из передачек а спички нельзя было держать и нам просто иногда эти вот охранники ну если мы там красиво попросим а можно можно закурить? давали огонек типа они тебе в окошко просовывают мы так подкуриваем и сразу по стеночке в туалет к вентиляции чтобы никто не увидел по камере. с нами как-то сделку заключили типа вы сейчас всё уберете в камере все свои носки трусы снимите с решетки вещи уберете с полок в шкафы с умывальника тоже в шкаф чтобы всё было красиво прилично то дам вам закурить...

Рэшту дня чытаем уголас «Истоки морали. В поисках человеческого у приматов».

вось я кніжкі перабірала тыпу трэба нешта такое пакласці каб перадалі па-першае а ў мяне кніжкі ўсе трошкі ці палітычныя ці такія якія яны б не прапусцілі вось і хацелася нешта такое з цікавай назвай даць...

панядзелак, 14 верасня

«Мы групповые животные и ценим социальные связи. Так мораль сформировалась задолго до религии. Если бы этой базы не было, религия могла бы до посинения учить нас добру и отвергать зло – и никто бы ее не понимал. Мы восприимчивы только потому, что развили у себя понимание ценности отношений, преимуществ сотрудничества, необходимости доверия и честности...»

гэта быў такі зрэз нейкі таму што колькі мы там жылі разам два месяцы ну проста жывем і жывем разам а пасля ў нейкі момант ты разумееш што ты вельмі перажываеш за гэтага чалавека і гэта агульнае перажыванне і тыпу тут становіцца няважна колькі вы разам жылі наколькі блізкі табе чалавек ты разумееш што яму патрэбна зараз дапамога і ты там як для самага свайго блізкага сябра пачынаеш вось гэтыя рэчы збіраць думаць куды што там паехаць як там што перадаць і гэта адразу скачок такі...

во-первых у меня появились подруги. у меня вообще с женщинами не то чтобы отношения ладились даже к феминизму я относилась я такая я люблю сильных мужчин мужественность властность и вот всё такое и это не очень как бы вписывается в понятие феминизма. ну то есть я естественно и за то чтобы женщины были равноправными с мужчинами и всё такое понятное дело но и при этом мне самой нужен какой-то маскулинный тип. у меня всегда такие были отношения с женщинами ну я не то чтобы им доверяю мне сложно раскрыться мне даже вот физически бывает сложно прикоснуться к женщине в плане того что я чувствую себя не в безопасности. вот например когда я с мамой и она пытается меня обнять то для меня это всегда огромный стресс и мне хочется чтобы это скорее закончилось. а тут конечно вся эта революция заставила посмотреть на женщин совсем по-другому потому что на самом деле можно сказать что они ее сделали мы были очень сильными очень смелыми и я думаю что многие женщины в этой революции узнали про себя много нового я например не знала что я такая смелая и я не знала что могу вытерпеть вот такое что произошло со мной я не знала что я способна защищать мужчину не знала что способна броситься за любимым человеком которого забирают я не знала что я так могу. а оказалось что я могу и оказалось что женщины такие классные и тоже могут и ну в общем это было приятным открытием. ты до этого головой это можешь понимать но вот в этой революции я это почувствовала я почувствовала наконец что такое женская солидарность. и это было важно...

я после этого к коллегам немножко по-другому стала относиться то есть оказалось что ты небезразлична я думала задержали ну твои проблемы. еще больше маму сестру стала к ним еще более трепетно относиться потому что мы остались втроем три женщины. было у меня такое папа был ярым противником режима и вот когда задержали я такая папа бы гордился. хотелось бы все-таки чтобы чтобы это было не зря. я в какой-то момент пап ну ты там помоги нам пожалуйста ты же тоже на нашей стороне...

там в тюрьме я осознала насколько ценна мне моя семья потому что я понимала что это единственные люди которые мне в данном положении как бы смогут помочь которые действительно переживают за меня волнуются и стопудово что-то делают хотя я не получала от них особых вестей знаешь одна передачка только была но всё равно как-то я понимала понимала это как-то ощущалось я тоже переживала за них что они наверное как-то жутко переживают. и потом как-то поменялось отношение потому что до этого у меня как-то у нас с родителями не такие были гладкие отношения знаешь я была недовольная вот плохо воспитали чё-то недодали мне знаешь какие-то такие мелочи но вот после тюрьмы я просто глобально осознала насколько мне дорога семья что это те люди которые ну просто единственная настоящая ценность те люди которые с тобой всегда были всегда поддерживали я это просто не до конца осознавала но в таких условиях когда ну типа у тебя ничего нет ты сам себе оставленный такие ситуации они расставляют приоритеты как бы показывают какие люди тобой действительно дорожат какие нет тоже вот получила поддержку от друзей от людей может от некоторых от которых не ожидала тоже заметили что я пропала волновались искали меня в списках это было очень трогательно очень приятно и просто да да...

я толькі радуюся якія добрыя ў мяне былі сукамерніцы ну там напрыклад дзяўчына не звязаная ні з нацыянальным рухам там раней ну не сказаць каб яна там такіх поглядаў напрыклад як я ну я ж ужо ведаеш беларуская мова і тра-та-та вось а яна ну проста працавала там на звычайнай працы і яна разважала такія думкі ў яе з'яўляліся па ходу вот яна расказвае ну бачна ж што што-та нараджаецца ў яе думкі пра беларускі там дух пра тое што ён падаўляецца ўжо са школы ў дзецях пра тое што вот гэта ціснецца ўсё што не даюць развівацца не даюць свабоду а што насамрэч беларусы вельмі моцныя...

панядзелак, 14 верасня

Очень надеюсь, что и у тебя там хорошая компания. Это главное.

соседи попались ну просто потрясающие... один хорошо пел он знал немецкий вот еще врач был которой немецкий знал был один ну сейчас он ипэшник а до этого где-то в девяностые он занимался тем что помогал усыновлению детей в Италии то есть он итальянский знал...

в камере 100 % людей с высшим образованием...

камеру решили потусовать порасбросали там тоже сидели политические тоже один там со стачкома тракторного на марше тоже тоже возмущался щас вот выйду пойду на этот тракторный потому что люди не ведутся то есть люди как рабы. рассказал что часть людей работает с «химией» которые вообще просто опустившиеся они не могут вообще ничего сделать потому что если они начнут что-то предпринимать то тут же загремят по реальной статье...

адна была з каскада і калі здымалі сцягі яна заблакавала там сваёю машынай ім дарогу двор і яе арыштавалі на пятнаццаць сутак дык аказалася што яна выпадкова што яна там нешта не зразумела што куды ехаць і выпадкова заблакавала гэты двор. ну пакуль яна пабыла яна канечне шмат задумалася і пра чыста чалавечыя паводзіны як правільна ну там ігнараваць не ігнараваць тое што адбываецца і як вот пра смеласць ну гэта ўжо такое навошта мне ў жыцці дадзеная турма такія вот развагі турма да гэта канешне спрыяе...

▬, I hope you are well. I saw you in a demonstration in the catalan tv news a few days ago. I like that you are experiencing this historic moment, claiming for freedom, for a better democracy, a better world. Dangerous but beautiful at the same time. Sending you a big hug. Take care. I really hope you are well. I've just heard in the news that +400 people have been detained today.

Take care ♥

аўторак

15 верасня

аўторак, 15 верасня

Найцяжэй бывае начамі – на падушцы, гэтым меху з бульбаю, на ложку, жорсткім і халодным, пад бразгат металу, пад лаянку і гучны рогат.

время тянулось конечно дико медленно особенно по ночам то есть по ночам все спали нормальные люди а у меня по ночам начинал работать мозг ну я часов до двух читала там же эта лампочка какая-никакая есть я под нее там подлезу и читаю потому что если б я не читала я бы вообще с ума там себя сводила мыслями всякими разными и отсчетами времени там. я читала сколько могла пока глаза не уставали потом старалась как можно быстрее уснуть. надо мной еще эта взрослая женщина была если она заехала какая-то еще более ли менее бодрая с нами разговаривала то уже ближе к ее откидке она плохо спала спала надо мной ёрзала всё это скрипело без конца и сама с собой она начинала разговаривать а у нее еще зрение плохое она почитать не могла то есть отвлечься на что-то и я ждала ее откидки чуть ли не больше чем своей чтобы немножечко стало полегче в плане моральном...

Думаю о тебе каждый день. Любая мелочь теперь приводит к мысли: а как там ▊? Наверное, самое мучительное – неведение. Я даже когда дома остаюсь и не вижу всего своими глазами, начинаю потухать. А за решеткой, думаю, совсем тяжело. Я подумала, что бы могло вызвать у меня наибольший дискомфорт. Почему-то первое что пришло на ум, – клоповые матрасы. Говорят, что помогает байка с капюшоном. Но, насколько помню, у тебя ее не было(((

*Забаўляемся, прыдумляючы спосабы помсты.
Калі б можна было катаваць сілай думкі, гэтыя вырадкі ўжо курчыліся б у страшэнных пакутах. Як даведацца іхнія імёны, як не пакінуць іх непакаранымі?
Як не дазволіць нянавісці разбурыць мяне?..*

я помню что мы ржали там просто как невменяемые мы репортажи писали в стиле под копирку новостей на бт как можно писать будет скоро репортажи в беларуси так называемая мария колесникова вышла на так называемую прогулку с так называемой группой поддержки с так называемым пресс-секретарем и они устроили так называемую акцию в поддержку так называемого виктора бабарики. так называемая оппозиция так называемые женщины в так называемых белых платьях с так называемыми цветами в руках вышли на так называемую комаровку...

Раніцамі ж накрывае скруха, калі разумееш, што ўсё яшчэ тут і застаешся тут, што зараз прынясуць салёную аўсянку і вельмі салодкі чай... І праганяеш пытанне, ці мылі яны посуд, у якім усё гэта табе прынясуць. Я паэтка, паэтка, трэба шукаць паэзію, паўсюль, гэта дапаможа, заўжды дапамагала. Заліпаю на чаінкі на дне кубка, уяўляю, што чай – гэта такое начное мора, а чаінкі ў ім – рыбкі...

угнетало что не было никакой
обратной связи со свободой
с тем что происходит вне
с родителями друзьями...

И посылаю
тебе лучи
нашей
поддержки
и любви.
Уверена, ты
чувствуешь!!!!!

Часам нехта з наглядчыкаў прыадчыняе вузкую шчыліну ў дзвярах і моўчкі зазірае ў камеру. Як маньяк. Гэты гук – калі ў дзяцінстве бралі кроў з пальца: праколвалі палец металічным скарыфікатарам, потым шкляной трубачкай высмоктвалі кроў, капалі на шкельца і размазвалі – вось гэты гук, гэтай трубачкі аб шкельца...

мне кажется я их особо не боялась боялась только одного чувака который пришел нас проверять в балаклаве это было вообще такое зачем что? такой резкий а вы чё вы там сердечко нарисовали на дверях! а мы на этом на окошке где они заглядывают нарисовали сердечко мылом и он заметил потому что знаешь на солнце отливает а потом когда мы это смывали оно уже не смылось ну то есть след остался. он такой такой типа что вы сердечко нарисовали вам что делать нечего щас вас отправлю на дачу к своим бабушкам будете мне там огород полоть...

бумага как для рисования вот мы из нее сделали карты и получается во вторник какое-то у нас хорошее настроение было что-то там обед был какой-то вкусный нормальный такой там большие порции и мы написали там благодарность вот передали благодарность спасибо за вкусный обед ну там как-то было у нас такое правило если они ну типа делают что-то хорошо то мы мы должны хорошо на это отреагировать если они делают что-то плохо мы как-то тоже на это реагируем. во вторник мы написали жалобу за то что нас все еще не выводят гулять вот а в среду они пришли нас ругать за эту жалобу там начальник пришел вот этот миша балаклава то есть там зашел к нам ругал а мы им пытаемся благодарность отдать за то что нас вкусно покормили вот и мы такие типа у нас благодарность он убери свою бумажку там истерил разбросал у нас вещи типа за что вас гулять вон вы это называете порядок у вас дома так же?! и пытался взял несколько карт а мы как раз в карты играли взял несколько этих бумажек а это получается не простая бумага там каменная бумага и она такая чуть прорезиненная и он ее в руках потеребил-потеребил попытался порвать ничего не получилось то есть чуть-чуть там помял психанул бросил на пол и всё. причем когда нас выпускали вот он тоже там ходил но когда до этого он к нам в балаклаве приходил а когда нас выпускали он ходил в маске а мы всё равно поняли что это он...

нас встретил   наверняка ты тоже познакомилась с мишей омоновцем   у них есть такой сотрудник который кажется никогда не снимает балаклаву   он такой весь в черном такой высокий сутулый с очень ужасным голосом   и он начал орать то есть он называл наши фамилии и орал   просто любое слово он не говорил он орал   и нас повели по этим коридорам и он постоянно орал нам чтобы мы шли быстрее а конечно у нас были эти пакеты и вот эти все вещи ну то есть это было   сложно тащить это всё и как бы его это видимо очень злило...

я просто старалась с ними не разговаривать не шутить вообще ничего. я не хотела с ними говорить ни подлизываться чтобы они лишний раз там спичку дали ни хи-хи-ха-ха но и ругаться мне с ними не хотелось мне хотелось их игнорировать максимально я избегала вообще любого контакта с этими людьми...

из всех был вот один ну скажем так приятный довольно сотрудник у нас вот врач он говорил исключительно на беларуском языке и этот охранник пытался ну вот с нашей камерой пытался говорить на беларуском...

мы пытались вести себя предельно вежливо и не позволять с нами ну как бы вести себя так как они привыкли себя вести и возможно из-за того что они не понимали еще что делать потому что мы были какой еще второй заход после вас как бы образованных вежливых спокойных женщин и я думаю они реально не понимали как себя вести с нами то есть в какой-то момент они там говорили нам пожалуйста спокойной ночи и какие-то такие вещи. но я знаю что те кто были вежливые с нами через несколько недель били людей и как бы были уже далеко не вежливыми...

Калі выйду, звярнуся па псіхалагічную дапамогу. Толькі б не падмануць сябе, што нічога незвычайнага не адбылося, з чым я не магла б суладаць сама.

калі я выйшаў мне гэты досвед як бы я так яго не ацэньваў мне здалося што ўсё лёгка больш-менш прайшло але праз месяц-паўтара я нават вершы на гэтую тэму напісаў гэта сведчыць аб тым што гэта ўсё ж такі падзасела і неяк там унутры круцілася але тады калі я выйшаў на той момант у мяне было такое стаўленне тыпу ну акей калі трэба пасядзець за агульную справу яшчэ на сутках значыцца пасядзім але вяртацца туды безумоўна не хочацца бо па сутнасці ты знаходзішся ў сістэме калі ты ведаеш што вось людзі ты менавіта ад іх залежны яны фізічна ў прынцыпе і маральна могуць з табой зрабіць што заўгодна і ім за гэта нічога не будзе і ты сам сабе не належыш і безумоўна гэта ну я нікому не жадаю гэта перажываць навошта і калі гэта яшчэ па лайтовым сцэнары верасня гэта як бы адна гісторыя але ўсё ўжо туды дарогі няма я не магу зараз поўнасцю аддзяліць досвед таго часу ад далейшага пражывання той сітуацыі у якой мы знаходзімся як бы таму што яно ўсё наколпліваецца у тым ліку ў мяне ўнутры. безумоўна я не шкадую я нічога такога не рабіў я не віінаваты канстытуцыю я не парушаў і ўсё астатняе і пагэтаму ў маім выпадку я аддзелаўся нармальна. гэта ўсё безумоўна дапаўняе мяне як чалавека па ходзе жыцця як бы што і як я буду з гэтым рабіць і як я з гэтым спраўлюся ці будзе яно мяне трывожыць і мучыць і ўсё такое ну залежыць ад далейшага развіцця падзей і ў тым ліку і маіх унутраных і знешніх...

Вывелі нас з камеры на агляд. Паставілі ўздоўж сцяны, рукі да сцяны, далонямі вонкі. Жанчына груба мацала нашыя целы, пакуль мужыкі назіралі за гэтым. Ці было ёй усё адно? Ці хацела яна паказаць, што не мае да нас спагады? Ці адчувае яна сябе і сваё цела? Калі з ёй апошні раз былі пяшчотнымі?

Ужасно, что нельзя передавать передачи каждый день(Собираем тебе пакетик на среду.

мы готовились к худшему что первую ты передачку не получила и такие так ладно в четверг ей выходить но в среду мы всё равно поедем передачку передавать пускай хотя бы ▇ выйдет в чистой одежде оттуда...

мы даведаліся што цябе перавялі ў жодзіна і канечне адразу пачаліся абмеркаванні ў чаціку ці паспелі табе аддаць перадачу якую мы перадавалі таму што там жа іх прымаюць але ці аддаюць іх у той жа дзень ці яшчэ там разочак правяраюць фасуюць марынуюць. мы падумалі так ну два дні пабудзеш як каралеўна калі табе не прывезлі першую перадачу...

і калі мы хадзілі табе гэтую торбу збіралі кожны ў галаве ўзгадваў свой трывожны чамаданчык так скажам і кожны купіў сабе штосьці ў сваю торбу якую пасля могуць перадаць хтосьці маску для сну хтосьці яшчэ нейкую штучку і ну гэта таксама ну ў мяне гэта быў нейкі інсайт такі жорсткі псіхалагічны...

я ж карацей была там тыпу эксперткай якая ведала як усё правільна што купляць што не купляць. сустракаць гатовы былі ўсе а на перадачу неяк ну і тым больш атрымлівалася што ў сераду прывозім табе перадачу а ўжо ў чацвер ты выходзіш таму людзі не бачылі сэнсу але мы бачылі сэнс таму што гэта ж падтрымка і хай яно там застанецца і можа яна яшчэ камусьці перадасць...

у нас чатик быў там договаривались по передачке и тому кто тебя будет встречать. транспорт я взяла на себя. сходили в магазин маску для сна купили беруши что-то из еды нижнее бельё чистенькое новенькое розовенькое. носки у меня новые были с фламинго...

          а як трусы табе выбіралі проста ж мы вырашылі што ну там жа ж няма а трэба і ніхто не ведае твайго памеру гэта першае і ніхто не ведае які фасон ты любіш ну вот і мы стаім і выбіраем я вот я знайшла гэтыя ружовыя і кажу а давайце мы пасцябёмся хай яна там паржот і купім ёй ружовыя ▇▇▇ такая не ну гэта несур'ёзна давайце якія-небудзь чорныя яно практычна карацей мы не знайшлі нічога лепшага мы ўзялі гэтыя ружовыя вот і ў пару да ружовых я табе падбірала маску для сну...

гэта быў такі дзіўны шопінг у маім жыцці які цягнуўся вельмі доўга купілі мы мала але проста ну ў нас быў нейкі спіс мы стараліся нічога не забыць прытым штосьці новае ўзнікала а давайце можа быць то а давайце то а мы не ўлезем у вагу перадачы дзяўчаты яшч смяяліся з мяне як я выбірала туалетную паперу там я казала мы павінны выбраць ▇ прыгожую мякенькую пахучую паперу і каляровую абавязкова каб яна падымала ёй настрой і я рэальна доўга выбірала і яны з мяне смяяліся і сказалі да ▇▇▇ табе будзе цяжка ў турме...

пришли ко мне и ну надо же всё это разобрать там не принимают в оригинальных упаковках. я занималась колбасой я ее нарезала в пакетик это всё сложила и наклеила с колбасы этикетку чтобы видно было срок годности. ▇▇▇ конфеты сорванец алешка каждую распаковывала и кидала в пакет...

ей-богу я вот сяджу   а яны не заканчваюцца проста   адна за адной вот   і я сяджу і думаю бляць ну хуйню какую-то   я делаю   ей-богу. насамрэч калі падумаць гэта ж   ты сядзіш і разбіраеш фанцікі з цукерак   тронуцца можна а яшчэ пасля ўсё гэта ў асобны пакецік і   мы сядзелі з ▇ разбіралі гэтыя   хлебцы там жа іх было некалькі   пачак   гэта ж усё дастаць   а яно крошыцца   ооо   гэта было штосьці...

постоянно был какой-то движ   переписки   что-то решали   искали там то штаны   трусы   и там просто все были   нарасхват   кто хочет что купить это просто была такая   суперконкуренция   типа я покупаю печенье   я купила тапки   я там еще что-то   все очень хотели поучаствовать   хоть как-то   и это было просто кто не успел тот опоздал...

Адкульсці з-за акна мы часта чуем мужчынскі смех і не можам зразумець, чый ён. Нейкі такі разняволены, радасны смех...

как бы человека ни душили и в какие бы условия ни ставили и как бы ему тяжело ни было   он всё равно будет искать   выход из сложной ситуации   да   а в данном случае   это абсурдная ситуация   когда против твоего же мнения   ну как они бы обманули меня   я же отдавал голос   но в то же время понимаешь что   мы всё делаем правильно   значит кто-то есть кто нам доверяет и кто верит. в перспективе   я больше чем уверен   будет   свободная страна   ты будешь   свободный   писатель я буду   своей ▇ заниматься   в хорошей стране   платить налоги честно   и жить   понимая что   мы завтра с тобой вместе   люди с высшим образованием не окажемся за решеткой...

а помните как мы оставили послание мальчикам которых после нас заводили в нашу камеру мы написали про окно как его надо открывать и что-то еще милое и засунули в скрученные матрасы...

Нас перавялі. ▮▮▮▮▮▮▮ адсялілі ў іншую камеру, а нас траіх – у ▮▮▮▮▮▮▮▮. Цяпер нас ▮▮▮▮▮ – і акно, якое не адчынялі мінімум трое сутак.

это был кстати один из самых таких вообще жестких моментов именно для меня потому что мы были впятером с девочками с которыми мы были в одном рувд и нас потом после суда поместили типа в одну камеру и какой-то высокий надзиратель сказал что вас типа скорее всего никуда не переведут потому что мы постоянно спрашивали что с нами будет дальше мы еще тогда не знали что так не может быть что нас типа оставят в ивс мы наивно думали что мы там и будем сидеть свои там десять одиннадцать восемь кому там дали сколько суток и пятнадцатого всех моих девочек вывели из камеры ничего не сказав...

для меня самой большой пыткой было то что они не выводили нас все пять дней никуда и мы сидели в этой душной камере ▮▮▮▮▮▮ и это было тяжко потому что уже не знали куда себя деть пять дней эти ты вообще ничего не видишь у нас была дырка в окне только там можно было получить свежий воздух мы все по очереди туда подходили и нюхали свежий воздух там даже можно было посмотреть на поле немножечко...

камеры конечно подванивали и я из десяти кусков мыла нашла самое вкусно пахнущее камэй и я пошла по всей камере на стенах им рисовала на кроватях железных ну потому что оно оставалось и пахло приятно. запах у нас был спертый такой полуподвальный окно было прибито так мы просили чтобы нам кормушку открывали хотя бы по ночам приоткрывали чтобы ходил какой-то воздух...

я помню эту ▮▮▮▮▮▮ камеру этот свет и клубья дыма когда девочки покурили это была самая адская ночь. пять девочек покурили три сигареты окно у нас не открывалось и я как бы лежала и я понимаю что этот дым он просто в камере остается. потом просили чтобы они кормушку чуть-чуть приоткрыли но всё равно это мало спасло...

Привет! Сегодня считали опять, когда ты будешь дома. Как будто от этого цифра уменьшается.

аўторак, 15 верасня

Адкульсці з-за акна мы часта чуем мужчынскі смех і не можам зразумець, чый ён. Нейкі такі разняволены, радасны смех…

серада

16 верасня

серада, 16 верасня

Затое ў камеры цёпла, і я ўпершыню за гэтыя дні трохі пабыла без шкарпэтак. Яшчэ тут ёсць гарачая вада і шмат шампуняў, крэмікаў, кніг.

Настрой – плакаць, таму што я прывыкла да нашай атмасферы на ▇▇▇▇, а цяпер тут шмат людзей, новых, і мяне штарміць. Але я проста кладуся пасля снядянку дасыпаць і прачынаюся ў лепшым настроі.

встали мы наверное в шесть утра
чтобы приехать в жодино раньше
и успеть записать тебя...

і я такая раніцай стаяла на прыпынку   любавала-
ся ўсходам   а міма праходзіла троіца   алкаголікаў
бамжаватага такога выгляду і яны крычалі жыве
беларусь! і каля мяне на прыпынку стаяла баб-
ка   такога   выгляду вельмі сварлівага і вот яна
глядзіць на іх   ну правільно только вот такие
и ходят на эти протесты...

приезжаем чё-то как-то там непонятно и машин не стоит и людей нету ладно   поехали к парадному входу а там стоит специально волонтер который говорит всем что передачи не здесь передаются а   пятьсот метров от тюрьмы здание   центр социальной защиты населения. вот там уже машины стоят   и люди стоят   а мы приехали где-то к восьми утра при том что передачи только в десять должны были начинать принимать. записались мы по спискам   ты была во второй десятке первая страничка тетрадки А5. ну мы такие походили-походили посидели чаю попили посидели в машине а к девяти утра вот и передачки начинают передавать мы такие о классно...

там яшчэ быў руды коцік з якім ▇▇▇▇▇ гуляла...

мы ж спачатку заблукалі мы паехалі на саму турму я была ў такім шоку ад выгляду гэтага будынка ён такі страшны там нават энергетыка такая вельмі цяжкая я адразу так прыціхла села ў куточку ля акна на заднім сядзенні і мне проста нічога не хацелася бо вельмі цяжкое месца вельмі страшнае і я як падумала што ты там сядзіш...

я ўвесь час складала мяняла спісы што табе пакласці і мяне трошкі бясіла тое што з аднаго боку добра што ты ў жодзіна там трохі лепшыя ўмовы але праз тое што перадачкі кожны дзень нельга перадаваць і ты чакаеш гэтай серады і ты разумееш што да серады нічога не можаш перадаць і не ведаеш што табе трэба можа нешта не тое табе паклалі і ты такая сядзіш і думаеш і навошта мне вось гэта было патрэбна...

мы за то время пока мы ждали мы тебе на прокладках написали а у нас гелевые ручки были поэтому надо было посушить немножечко поэтому в какой-то момент у нас открытый багажник там два пакета стоит и прокладки лежат в рядок так сохнут как будто мы чем-нибудь тут приехали торговать…

а ідэя напісаць на пракладках насамрэч была ▮▮▮▮▮ кніжкі не бралі тады і мы   зрабілі стаўку на мужчын-скую гідлівасць. ідэя класная давайце пісаць а што пісаць?   у мяне   фантазіі не хапала бо ў мяне тады і сіл ужо не было я была ніякая таму я табе напісала што я цябе прыдушу.   я здзівілася што ў ▮▮▮▮▮ знай-шлося на кожную пракладку што яна гэта ўсё вы-пісвала і сардэчкі там малявала…

я ведала што лісты забароненыя і   я набывала пракладкі і я такая пра-кладкі яны ж не будуць іх правяраць. і канваір які прымаў гэтую пера-дачку ён жа бачыць калі ты выходзіш ён кажа ды яна заўтра выходзіць типу навошта ёй столькі пракладак мы такія нада нада каму-небудзь там дасць паверце пракладкі не прападуць ён такі ну ладна. і мы вельмі баяліся што яны іх ускрыюць і вельмі хваляваліся за гэта…

мы ж еще думали прокладки как так сделать чтобы ты их прочитала мы их так сложили одна к одной и положили одни трусы и так завернули чтобы если ты достала то одна прокладка вылезла и ты увидела что там что-то написано. интересно что мужчины которые принимали передачки видимо традиционных взглядов поэтому как только они увидели пачку прокладок ничего что их 18 штук там а ты завтра выходишь такие ой да да это надо и скорей в пакет как огня. то есть четыре руло-на туалетной бумаги это много а 18 прокладок на день это норм…

в девять утра пришел один человек в форме и второй по гражданке ну и да они начали прям на улице что-то типа парты школьной погода была неплохая не было очень холодно. мы пошли со своими двумя пакетами пришли ждем там они списки принесли с датой выхода и к моменту когда тебя назвали в тетрадке было уже больше сотки не зря мы приехали рано очевидно. ставим на стол свои два пакета а там десять килограмм что ли давайте будем разбирать…

> дарэчы больш-менш нармалёва ўсё гэта арганізавана было там ён мог падумаць калі ў іншых вага перавешвала там шэсць з чымсьці магло быць ён такі тыпу ну ладна…
>
> яны не хацелі браць маску для сну і не хацелі браць хлебцы я такая злая на іх была я карацей такая так это мы берем и это тоже мы берем…

бутылка воды сразу нет потому что вода у нас неплохая и она много весит. а у нас много вещей было двое штанов две кофты они такие ребятушки так она ж завтра выходит зачем ей столько там пять пар носков то же самое с туалетной бумагой человек завтра выходит зачем ей четыре рулона давайте одну печеньки какие-то тоже достали рассортировали короче полпакета уехало назад…

Калектыўным розумам і намаганнямі мы прыадчынілі гэтае акно, якое рэальна забіта цвіком. Як добра, што ў мяне худыя рукі, і я змагла прасунуць руку ў краты. Цяпер у нас ёсць паветра, і я вельмі ганаруся намі!

девушки с самыми тонкими руками полезли туда через эти прутья со скрученными журналами и начали эти журналы скрученные пихать чтоб оно хоть как-то держалось от стены отошло окно…

меня когда перевели в большую камеру мне там было хорошо потому что стало больше активностей наверное всяких и там был очень хорошо налажен быт была система как вы голову моете туалет загорожен типа график уборки календарь сделанный самими девочками плюс там была художница которая нам проводила мастер-классы и мы рисовали акварелью у нас были карандаши мелки ручки и краски. еще мы лепили из мякиша динозавриков…

мне просто хотелось чистенькой выйти. чтобы свеже пахло потому что в тех джинсах я спала в ципе а там эти одеяла вонючие когда пришла на жодино то мне уже передали передачку и   у меня там была одежда какие-то спортивные штаны какие-то шорты я уже в них сидела всё время а вот джинсы это была вещь в которой я знала что я выйду на свободу мне хотелось с них стереть вот эти вот все воспоминания с ципа из тюрьмы поэтому я их постирала чтобы выйти полностью знаешь в свежем виде без каких-либо признаков что я там сидела страдала. и все такие зачем ты они у тебя не высохнут   высохли я же за несколько дней постирала…

Неаборόненасць – пачуццё, якое ценем са мною на кожным пратэсце, а цяпер і тут. «Выбірай сабе любую», – жартуюць яны, рассяляючы новых затрыманых дзяўчат.

такое было на окрестина они вот позволяли себе отпускать такие тупые шутки про то что типа что вы там говорите что мы вас насилуем мы же щас вас не насилуем или там что-нибудь такое или еще в ровд когда нас задержали один из них сказал что

не волнуйтесь это я просто себе невесту ищу...

Спрабую чытаць, але засяродзіцца вельмі цяжка, таму што хвалююся, бо праз дзень вызваленне і складана думаць пра штосьці іншае, плюс увесь час хтосьці размаўляе.

люди по большей части все взрослые были все понимающие что да типа всем тяжело и как бы ничего такого не было типа агрессивного ничего такого но кроме этой девочки вот эту девочку я конечно помню. ну маленькая она просто ну что я могу сказать ну типа да вот у меня все взрослые девочки сидели но вот она пришла такая типа очень просто у нее очень много энергии и она типа вот как типичный такой ребенок если ей что-то такое скажешь типа обычные адекватные люди просто заткнутся а она нет потому что кто блин ей что скажет ей никто не может ничего говорить потому что она такая взрослая самостоятельная я уже в тюрьме сижу. она конечно подбешивала немного да...

**Перадача! Я дакладна не чакала яе.
Сяброўкі даслалі мне паведамленні геніяльным спосабам – на пракладках!**

Дастаю кожную, чытаю ўголас і плачу.

Мы цябе вельмі чакаем (намалявана кветачка).

Хоць у Жодзіне пабыла (намаляваны будынак).

Перадавай усім прывіт (малюнак).

Ты сонейка! (Малюнак.)

Усё атрымаецца!

Нас шмат!

Мы не забывалі пра цябе, увесь час хваляваліся і нешта арганізоўвалі. Спадзяюся, што ты гэта прачытаеш.

████, коцік, трымайся. Ужо хутка будзеш побач з намі, на волі. Мы ўсе вельмі любім і чакаем цябе.

Ніколі не пісала лісты на пракладках :)
Спадзяюся, ты хоць крыху ўсміхнешся.

Чакаем цябе тут, моцна абдымаем (і лічна я ішчо ПРЫДУШУ!) Люблю цябе.

мне больше всего хотелось получить какую-то весточку ее не было и мне передают первую передачку вторую передачку какие-то книжки и всё ищу а ее нету и я очень сильно из-за этого переживала и мне хотелось плакать именно из-за этого ну потому что типа не знаю хоть одно слово там буковки подчеркнуть ну хоть что-то и я этого очень ждала…

жена всё это время поддерживала и передала еще одну передачу в которой на каждой странице написала люблю жыве беларусь сердца а я уже потом когда айтишник какой-то на мое место пришел я говорю вот тебе книга передашь там послание оттудова как бы что борьба продолжается а мы когда в замкнутом пространстве находимся мы не владеем ситуацией ходят не ходят мы такие воодушевленные и когда узнали что реально переговоры плохо прошли там путин лукашенко и реально борьба продолжается прямо аж на душе стало легче что может что-то и повлияет своим сидением этим мы к чему-то приблизим наконец-то...

Нам перадалі настолкі, і мы да позняй
ночы гуляем у «Свінтуса».
Хоць дзень праляцеў, і да жыцця
застаўся яшчэ адзін...

Очень тебя ждем. Завтра приедем забирать нашу девочку. Последняя ночка, ▇. И дом, свобода, друзья. И я надеюсь, продолжение борьбы. Не верю, что им удалось тебя сломить или переубедить.

Завтра буду спать, наверное, когда тебя выпустят. Надеюсь, тебя встретят, обнимут и снесут с ног любовью.

чацвер

17 верасня

чацвер, 17 верасня

**Сніла, што ▇▇▇ прыехаў у Мінск, каб сустрэцца са мной, і гэтым выратаваў мяне ад затрымання...
І ў турме мне сніцца былое каханне.**

Сегодня проснулась от литавр грома. Первая мысль – последняя ночь прошла! Забираем нашу ▇▇▇! Ура!!! Осталось совсем чуть-чуть. Запомни все это, чтобы рассказать внукам ☺

Надзяваю шкарпэткі, перададзеныя кімсьці з сябровак, і адчуваю, як блізка яны, і так мне робіцца цёпла.

я памятаю што пайшла праз камароўку набыла табе кветачак бел-чырвона-белых маліны гэта было так класна...

это ж было как это приключение такое небольшое путешествие. я подумала что блин а вдруг тебе там было холодно мы там понабирали всяких пледиков еще чего-то подумали что вас плохо кормили и купили какой-то малины сладостей такого вот букетик конечно там какие-то цветочки чтобы настроение поднять чтоб что-то живое красивое увидеть после этих уродских стен. поэтому это как в роддом ехать забирать ребенка наверное с таким же ощущением...

гэта быў першы раз калі я за стырном ехала ў жодзіна таму ў мяне ведаеш нават нейкае такое прыемнае хваляванне такое падарожжа я тут такая за стырном там яшчэ дарога раздзяўбаная была і гэта сапраўды ўспрымалася як падарожжа...

чацвер, 17 верасня

Быць спакойнай тут складана, бо як только супрацоўнікі пачынаюць паводзіць сябе адэкватна, з'яўляецца чарговы альфа-самец шымпанзэ і атручвае наваколле сваёй неўтаймаванай агрэсіяй. Тады трывога вяртаецца.

ты вышла и меня как раз забирали я типа на тот момент уже знал что ты сидишь короче получается приходит мне передачка ну уже под конец и на передачке обычно типа помечают кому вот и эти листочки на которых написаны имена они вырезаны со старых короче черновиков типа со списками сидящих людей и то есть я отрываю вот этот вот листочек который прикреплен степлером типа к моей передачке и понимаю что на обратной стороне там твоя фамилия и я такой типа оба-на. по-моему это очень поэтический момент о месте блять человека в этой стране ебучей…

Мы сёння выходзім утрох, як тады чакалі ў камеры пасля суда, з той жа трывогай ад невядомасці, але цяпер яшчэ і з трапяткой ціхай радасцю. Ты баішся яе, таму што не ведаеш, чаго чакаць ад гэтай сістэмы, якая раптоўна можа памяняць сваё рашэнне і пакінуць цябе тут. Абмяркоўваем, як мы паедзем дадому, – маршруткай альбо цягніком, хоць бы там былі валанцёры, каб паказалі нам дарогу.

прям не верилось что меня кто-то встретит правда? я там через всех передавала что не нужно меня встречать всё в порядке я доберусь я самостоятельная девочка я я взрослая…

Мы едем!!!! Слышишь!

вопрос твоей встречи даже для меня не стоял я сразу решила что я поеду даже если бы вдруг не получилось у твоих друзей меня забрать хотя ▇▇▇ сразу мне сказала вы не переживайте я дам вам номер телефона девушки с которой вы договоритесь и на машине вы поедете за ▇▇▇▇. они вообще молодцы не отказали мне. ты моя сестра я тебя обожаю и я просто не могла не поехать за тобой...

потом уже думали вместе ехать   я тоже думала ехать   потом папа говорит я поеду   тебя может не отпустят   я поеду. я говорю ну езжай потом уже позвонила эта девочка что только одно место в машине есть. ▇▇▇ говорит мама ну уже я поеду   ты не успеешь по-любому на работу. я собрала приготовила тебе покушать всё   провела ▇▇▇▇ и она поехала...

ехала тры ці чатыры машыны   і з намі ехаў хлопец які хадзіў на шмат якія выступы і здымаў усё на планшэт і калі мы ехалі ў машыне ён вырашыў паглядзець на планшэце твой выступ з ▇▇▇▇▇▇▇ мы такія гэта как-та крыпова   можа ▇▇▇ дачакаемся а то быццам бы яна ўжо памерла пераглядаць яе запісы...

Праз некалькі гадзін я выйду адсюль. Каб прыспешыць гэтую гадзіну, мы селі заплятаць адна адной валасы. Ніколі дагэтуль я не перажывала гэта як настолькі сакральны рытуал. Жанчыны рознага ўзросту, рознага характару, з розным досведам, сядзяць на жалезнай турэмнай лаўцы і ланцужком адна адной заплятаюць косы ды каласкі… Такі грумінг…

мы плелі колоски   меня учили   я не умела у меня как-то не получалось. ▇▇▇ нас учила   это была моя мечта научиться плести колосок я когда-то училась на ютубе но у меня никогда не выходило я не знаю там что-то делают что-то переплетают я пытаюсь это на себе повторить а вообще не выходит знаешь   и как раз нужен был этот человек который наконец покажет мне что там что за чем. не с первого раза но получилось   маленькие радости   как передача знаний из поколения в поколение в таких интересных условиях…

> я ж когда выходила
> я ж помыла голову в раковине
> я же надела свое красивое
> платье я такая выхожу такая
> какие двенадцать суток
> всё чудесно…

Перадалі каўбасу, і я не змагла стрымацца, хоць у звычайных умовах не ем мяса. Так дзіўна есці мяса ў турме, у паліцэйскай краіне, дзе мы самі – мяса.

колбасу прикупили хотя знали что ты не ешь но мы подумали что   ну если совсем не захочешь то будет с кем поделиться и как-то подумали что   вот чё-то там уж и колбаса пойдет…

чацвер, 17 верасня

чацвер, 17 верасня

думалі пра тое што ты ж вегетарыянка і ці класці
каўбасу з іншага боку там калі не класці каўбасу
то трэба сухафрукты але акрамя гарэхаў усё
вельмі салодкае і ў выніку мы вырашылі ўсё роўна
пакласці гэтую каўбасу і калі ты не захочаш
то хтосьці дакладна захоча...

встречать тебя не поехала потому что я работала а потом пришла
на вечеринку с веганской колбасой я хотела в передачку ее положить а потом подумала а если они ее стырят? и вообще потом
у тебя колбаса будет ассоциироваться с этой тюрягой и решила что нет будем закреплять хорошим впечатлением на свободе.
я поехала на комаровку за этой колбасой и довольная с колбасой
поехала на работу она лежала у меня на работе целый день пахла
у меня там на весь портфель...

**Чым бліжэй сёмая гадзіна, калі мяне павінны выпусціць,
тым больш нарастае трывога. Раптам не адпусцяць?
Прыдумаюць мне новую віну і выпішуць новы тэрмін**

тебя отпустили семнадцатого сентября и семнадцатого вечером меня перевели в жодино но мы наверное разминулись на
несколько часов. и это очень странно как бы потому что я чувствовала тебя ближе всего в тот момент и это было очень странное ощущение потому что как бы это не то место где мне хотелось
бы испытывать какие-то такие чувства...

гэта была прам спецаперацыя таму што мне трэба
было спачатку сустрэць тваю сястру. ▇▇▇ думаў
што ён увогуле адзін я кажу ага там цэлы картэж
збіраецца але на нас была галоўная адказнасць
таму што сястра твая...

гэты час пакуль мы цябе чакалі
мне здаецца гэта так доўга было...

і потым яны прыехалі таксама вялізным складам і таксама ж мяне выпускалі вечарам а яны прыехалі раніцай і цэлы дзень там прасядзелі пад гэтым жодзіна...

это было довольно любопытно наблюдать за тем что происходит вокруг какие там люди ждут тех кто уже отсидел эти сутки и это все люди да с которыми я хочу жить в одной стране это все такие лица открытые красивые наполненные каким-то смыслом в отличие от тех кто работает в этом учреждении...

а мы прыехалі і там многа хто быў з кветкамі і прытым усе такія бчб а там жа сустракалі многа жанчын і ўсе з гэтымі кветкамі такія ўсе радасныя рэальна было шмат людзей машын шмат усе павылазілі з гэтых машын у пэўны момант усе стаялі таму што ну вось зараз зараз жа павінны ўсіх нашых адпусціць...

▇▇▇ зноў задзіралася з гэтымі я зноў злавалася на гэты конт ▇▇▇ карміў усіх кукурузай карацей гэта той яшчэ быў тэатр абсурду. ▇▇▇ карацей падрыхтаваўся ён прывёз з сабою вараную кукурузу цэлую гэту прычым яна яшчэ цёплая была з солькай карацей ён раздаў усім кукурузу прапаноўваў паслугі па адвязенні ў прыбіральню пагрэцца ў машыне...

Напружанне расце, мы чакалі, што, можа быць, нас трошкі раней выпусцяць – такое бывала, – але не. Мы хвалюемся, што яны ўвогуле забыліся пра нас.

и к нам нам оказал честь и вышел к нам начальник этой тюрьмы учреждения этого закрытого типа как он сказал такое знаешь бравый мужчина настоящий рыцарь наверное он думает о себе именно так что он ланселот не меньше. но тем не менее на нём эта форма реально отвратительно скроенная форма их как будто бы завернули в ветошь какую-то и они все уже как будто бы старые и пузатые короче не сын маминой подруги это точно вот и он к нам соизволил подойти и сказать своей такой воспитанной речью вот это вот все дела что мы здесь гости а это учреждение закрытого типа это тюрьма а не это и тут шутки шутить не надо и что еще и шуметь не надо надо отойти на сто метров и ждать тихонечко. вот и такой походкой такой вот типа эту походку можно описать такой вот   хозяин жодина...

выйшаў гэты начальнік я пачала з ім сварыцца спрачацца не было адчування страху больш у мяне нейкі кураж усяляўся я такая блін ну што ну што вось ты мне зробіш зараз ну гэта ж смешна. то-бок я разумела неяк што ў гэтай пазіцыі   тады мы з імі былі больш неяк больш ураўнаважаныя і больш было ўражання што мы перамагаем іх. прасілі каб мы селі я памятаю што мяне вельмі-вельмі гэта задзела я не магла зразумець у мяне дагэтуль няма тлумачэння акрамя таго што яны не хацелі каб людзі якія выходзяць бачылі колькі іх людзей сустракае як гэта класна. магчыма ў іх такое ўказанне таму што людзей было многа і яны чакалі спецыяльна напэўна цемнаты і людзей было многа і калі ты выходзіш і бачыш усіх гэтых людзей напэўна гэта класна і класныя ўражанні і класныя фоткі там напэўна журналісты маглі быць можа быць яны гэтага баяліся. ён мне кажа можа быць вы тут тэрарыстка пачаў штосьці такое мне казаць я ржала таму што я стаю ў мяне ў адной руцэ маліна ў другой кветкі да кажу а чым менавіта дзе я хаваю? не знаю я не знаю. а яшчэ я зусім асмялела я такая стаю і кажу слухайце мы стаім таму што мы чакаем сваіх людзей каторыя яны выйдуць і ну ім будзе весела бачыць людзей каторыя іх чакаюць ён такі кажа адкуль вы ведаеце? я такая кажу а вы сядзелі ў турме?

> а он такой эээ типа как это так я же тут это рыцарь какая тюрьма я туда сажаю богатых и террористов всяких кто наворовал...

вот он отправился к волонтерам которые какие-то шутки шутили мы просто охренели потому что начальник тюрьмы где людей там пытают проводят несправедливые суды садят там ты слышишь в этом месте какие-то просто дикие ужасы и они с ним шутят там шутки и мы просто офигели и потом когда волонтеров он отправил к нам чтобы они нам сказали что шуметь здесь неправильно мы офигели еще раз мы такие типа что за стокгольмский синдром ребята вы чего не понимаете с кем вы общаетесь с кем вы шутки шутите? и они такие нет вы не понимаете вот вы сейчас будете с ним ругаться и сделаете только хуже типа заключенным и этот аргумент он просто нас убил потому что в смысле мы сделаем как мы что мы можем сделать здесь своим смехом почему люди просто не делают нормально свою работу? у них написано по уставу что и как они должны делать как должны содержаться заключенные почему мы вообще здесь каким-то своим веселым смехом мешаем работе этого великого учреждения это было вообще непонятно вот и потом он опять к нам подошел я не знаю зачем это делал видимо ему было инцерэсна что за люди такие не видел никогда таких. и потом это всё длилось очень долго и видимо вот это то что вот мы себя так вели и повлияло на то что там тебя как-то позже выпустили или долго не знаю...

для мяне ўвогуле гэта адкрытае калі шчыра пытанне датычна таго якую пазіцыю займалі і займаюць валанцёры валанцёркі якія менавіта пад акрэсціна жодзіна і іншымі сіза дзяжурацъ таму што з аднаго боку я разумею што такое наладжванне кантакту наладжванне дыялогу нават такога вось праблемнага дыялогу і я разумею што так могуць быць пэўныя моманты калі сапраўды лепш пазбегнуць канфрантацыі і потым дамагацца нават малюсенькіх сваіх задачаў але з іншага боку часам мне здаецца што гэта ўжо ператвараецца і не толькі ў валанцёраў нават у нас што часам гэта ўжо нейкае такое як worship нейкае такое што нават гэты супраціў ён часам такі ну з пэўным нейкім я не знаходжу нават словаў такія адносіны былі ў гэтых чувакоў у форме быццам яны маленькія бажкі і нават калі ты змагаешся вось гэты супраціў што ён нібы не проста з роўнымі а з кімсьці хто нейкімі іншымі якасцямі чым ты валодае...

Я стараюся засунуць глыбей трывогу, але ▮▮▮, як на злосць, разважае і разважае ўголас, сустрэне яе мама ці не сустрэне, што лепш бы не сустракала і што, можа быць, яна ўвогуле не ведае, што з дачкой, і як мы будзем дабірацца, а так, а сяк, а што калі... І я не вытрымліваю. Зрываюся. Колькі можна ўжо гэтых разважанняў уголас, нам усім няпроста, і ніхто тут не можа з ёй нянькацца... Дзяўчаты замаўкаюць, і я чую голас ▮▮▮: «Уоў, гэта першая сварка ў нашай камеры за ўвесь час»... Праваліцца пад зямлю.

я удивилась почему она стала говорить про маму хотя до этого она как бы гнала на мать что она там за ней даже не приедет ничего а мама моя вообще ей пофиг но потом когда перешли в другую камеру и там девочки про маму и она тут тоже подхватила вот это меня конечно коробило очень сильно хотелось сказать да заткнись ты просто заткнись...

Паеду цягніком ці маршруткай, думаю, а на выхадных збяру сяброў і сябровак..

> там жа такая была хоўмпаці
> частка паехалі сустракаць
> а частка паехалі дадому да цябе
> такі стол накрылі...

я помню как я была на парах и я уже ждала момента что вот-вот тебя сегодня выпустят я ушла с пар такая думаю так сегодня надо встретить ▇ все такие она любит сидр я такая что такое сидр я никогда не пила сидр. я зашла в магазин купила огурцы помидоры всё максимально веганское потом этот сидр и шла самая счастливая потому что сидр привезу еще и ▇ выйдет я пришла вошла в квартиру и тут еще самая страшная часть когда тебе надо с кем-то общаться кого ты видишь в первый раз. параллельно мы чатились с теми кто в жодино тебя встречает они такие блин мы замерзли блин ▇ уже с кем-то посралась. потом мы уже начали ну все такие как долго вы знакомы с ▇ кто-то пять лет кто-то семь лет я такая ну мы как бы в августе познакомились они такие мм ▇ про тебя рассказывала я ну хоть что-то. потом мы начали стол украшать такие так надо сделать 6ч6 еду мы вот эти дыню с арбузом чтобы так было интересненько флаг вешали чтобы он висел на видном месте украшали...

Усё сабрана. Мы павячэралі. Мы чакалі, што адразу пасля вячэры нас выпусцяць

это было около шести повели по этим коридорам ужасным потом поставили лицом к стене и стали вызывать по одной на проверку но нас не заставили раздеваться догола то есть я была в белье и в майке и эта девушка ощупала просто все вещи ну как бы я была готова к приседаниям без одежды я представляла насколько это будет унизительно и пыталась себя как-то к этому подготовить но этого не было и это не было настолько травмирующим насколько я думала это будет ну и вот всё остальное время мы просто стояли лицом к стене пытались переговариваться но этот парень в балаклаве постоянно орал чтобы мы этого не делали ну вот да где-то так прошел первый час а потом меня отвели в камеру и я увидела моих девочек и это было облегчение...

Адчыняюцца дзверы, мы на нізкім старце – а гэта падсяляюць новую дзяўчынку.

ее забрали на площади свободы они пришли первые и их гребанули. вот она немножечко рассказала как там что...

смотришь за окно а там всё темнее и темнее и куда идти в этом жодино с этими пакетами ты станешь и будешь плакать потому что наверное маршрутки перестанут ходить поезда тоже и ты будешь ночевать так лучше выпустите завтра когда уже светло будет ты уже на вещах дверь открывается а они еду приносят а ну класс покушаем и пойдем тут снова дверь открывается нового человека садят мы такие а мы? рот закройте и сидите. посадили эту девушку она что-то начала рассказывать и ты как бы слушаешь но особо-то ты не слушаешь она еще стала возле окошка и ты как бы смотришь что там темнота и ты в этом жодино...

І такі мы выходзім!

и дверь открывается бегом! потому что они стали опаздывать они очень сильно опаздывали у нас пошли десятые сутки...

выпускали всех вот вместе поэтому такие о знакомые люди да потому что с ними там на окрестина сидели то есть такие как старые знакомые которых давно не видели. там как раз у них был кипиш и неразбериха там сами эти охранники ходили матерились просто недовольные а мы как бы нам уже нам уже спокойно уже весело с улыбкой были...

нас когда выводили уже оттуда этот коридор казался бесконечный вот он и так длинный казался а обратно вообще бесконечный...

конечно вот эти вот плеснявые катакомбы по которым переходили по этим вот бетонным блин застенкам то есть уже думаешь блин скорей бы...

я тоже когда выходила мне не верилось
не верилось что всё меня выпускают? точно
выпускают? еще эти длинные коридоры

тум-ту-дум-ту-дум

              и   ну вот прям   прям не верилось…

и   когда выпускали эти двери много дверей
и ты идешь идешь и ты ждешь когда воздух свежий
когда тебя просто выведут из этого здания…

**Забіраем у акенцы перад выхадам тэлефоны.
Усё так доўга, што ж так доўга ўсё?
Апошні этап – квадрат асфальту перад будынкам, стаім шэрагамі. «С тебя автограф», – чую ў спіну шэпт.**

там же все в масках стояли вот поэтому но потом назвали имя. я впервые тебя тогда в кафе грай там поэтический этот вечер был ты там читала стихи я потом еще к тебе подходил спрашивал как тебя зовут чтобы найти вот потом я тебя помню в очереди в цик когда заявление подавали и вот тут я тебя увидел получается еще когда мы дорогу эту трамвайные пути на машерова переходили на светофоре потом получает возле суда и потом когда выпускали…

я шла и рыдала еще какой-то парень за мной и он мне номер телефона попросил это мило конечно но ты выходишь из тюрьмы рыдаешь а тут у тебя номер просят ну это просто смешно…

когда вышли
на улицу боже
мой воздух
этот телефон
нашел пошел…

чацвер, 17 верасня

Я ўжо не проста іду, я бягу. Бягу, проста каб выбегчы і забыцца хутчэй на гэта. Нічога дрэннага са мной не здарылася, проста дзевяць дзён. Бачу сваіх, кідаюся абдымаць, плачу. «Нас добра кармілі», – кажу, прыціскаючы кветкі, сціснуўшы кубачак з малінамі. На аўтамаце бяру ад ▓▓▓▓▓▓ матузкі для кедаў – так і не зацягнула іх, кеды наогул яшчэ доўга стаялі без матузкоў.

ну и всё когда тебя выпустили я подумала боже ж мой в этой мастерке всё это время грязная бедная вся а вышла такая ништо сабе фрызура тут такая я думаю нихрена себе террористка какой-то у них там внутренний салон красоты или что типа всех припудрить троху перед выходом. но да так было хорошо так моменты такого маленького счастья когда они случались редко но но хорошо вот ну и всё тебя все начали обнимать целовать малиной кормить...

і яшчэ мы ж не ведалі дайшла табе перадача ці не а я памятаю што клала табе гумку для валасоў і я бачу гэтую гумку ў цябе на валасах і такая фух перадачка дайшла...

а там яшчэ вы калі выходзілі выйшаў нейкі хлопец і ён такі жыве беларусь і яму ўсе жыве!

ты ўвогуле выйшла такая як агаломшаная на адрэналіне цябе пёрла ты і плакала і смяялася ўсё адначасова і вочы блішчэлі не знаю нібыта ты там закідвалася чымсьці свабодай мы цябе пафоткалі я хуценька запосціла што ты на волі мы парадаваліся ну і ўвогуле былі рады што ты выйшла цэлай і здаровай і карону не падхапіла і там што не білі...

і вось мы прыехалі і ёсць пэўны час калі павінны выпускаць але мы вядома прыехалі трошачкі раней ну і вось мы ўсе стаім стаім і там пэўны час не выпускалі нікога то-бок шмат было людзей што чакалі сваіх і нікога не выпускалі а мы ўсё стаім і стаім і стаім і стаім і неяк не жарка было ў той дзень я прыехала з тэрмасам з гарбатай і з коўдрай ну і гарбаткі папілі трэба ў туалет і ўсё мы чакалі чакалі я памятаю я яшчэ стаяла і думаю блін блін вось калі я зараз паеду а ▇▇▇ выпусцяць ну нічога яшчэ магу пацярпець ну і потым у пэўны момант яшчэ да мяне два чалавекі далучыліся з такой патрэбай і мы падумалі ўсё зараз ці ніколі паехалі на запраўку ну і цябе выпусцілі канечне за гэты час ну такое ведаеш нібы я ў сіткоме у той момант такія ўсё зборы паехалі чакаем там ужо рыхтуем крычалкі каб сустракаць ну і потым канечне ж канечне. ну а калі бачыш чалавека якую ты чакала ўзрушаны такі настрой...

ну ў цябе быў даволі такі не стомлены выгляд нармальны напэўна гэта было здзіўленне такія окей але бачна было што ты шмат усяго перажыла і табе хочацца вось падзяліцца расказаць цябе прям штырыла напэўна ад усяго што адбывалася. было бачна што ты на такім адрэналіне і бачна было што ты ўвесь час была з людзьмі гэта як чалавек вяртаецца там з піянерскага лагера ну то-бок было адчуванне што ты не з нейкага такога спакойнага адпачынку а вось было бачна што ты з такога вельмі інтэнсіўнага экспірыенсу выходзіш. ну клёва вельмі кранальна было. ну мы тады жылі зусім па-іншаму зараз не так зараз ты ўжо эканоміш і сілы тады ты асабліва не думаў нешта пайшоў зрабіў паляцеў кінуў працу паехаў ну фігня вабшчэ...

Столькі людзей прыехала падтрымаць! Столькі пісалі мне за гэты час. Сорамна перад імі, бо я ж ведала, што нічога страшнага не адбылося са мной, а яны – не.

мне было странно когда я вышла какая там спец-
операция была ну за стенами я не знала я не
знала что там столько людей абсолютно во всём
участвует там была целая орава точно такая же
орава которая пришла меня встречать и то это
были не все кто участвовал в этой операции. передачки там кто на суде будет сидеть кто там
меня ждал ждал возле окрестина кто-то там…

вот но на самом деле опять же когда сидишь в изоляции ничего не
знаешь я думал ну вот сейчас выйду сейчас надо будет как-то доби-
раться из жодина а потом выходишь а там целая толпа встречает это
конечно с одной стороны непередаваемо с другой стороны ты понимаешь какие это приятные ощущения. ты думаешь тебя там уже может забыли там твои вещи собрали за дверь вынесли а тут приходишь
и все тебе рады и это конечно здорово…

**А можа, таму і не адбылося нічога страшнага, што
яны думалі пра мяне, гаварылі са мной, чакалі
і падтрымлівалі, пакуль я варочалася на металічнай
рашотцы трывогі, пакуль уяўляла, як шклянымі вачамі
буду глядзець на людзей, якія праз гэта не прайшлі і не
пройдуць, пакуль захоўвала ў сабе чалавека…**

меня переломило как бы на до и после и ты как-то больше понимаешь
людей которые там сидят до сих пор и вообще намного грустнее становится потому что это для тебя уже не такое абстрактное какая-то
вещь которая там происходит типа да люди сидят да над ними изде-
ваются а ты был в лучших условиях объективно если посмотреть и тебе
было плохо там и из-за этого становится в тысячу раз больнее читать
про все эти задержания. вот мария колесникова ты прекрасно осоз-
наёшь что человек сильный у нее будут последствия после того как
она столько лет сидела а ты вот видела своими глазами человека который свихнулся из-за такого маленького количества суток и типа ну
как она будет сидеть два года и из-за этого становится невыносимо…

ну вот ты вот просто самый настоящий интеллигент вот пісьменніца паэтка там всё про такие тонкие материи про искусство про то что не каждому человеку вообще дано в этом мире да заниматься искусством это самое сложное что только можно представить это создавать другие смыслы вселенные какие-то да большинству людей это недоступно и ты вот этой своей походкой детской и немножко нервной такой выходишь из тюрьмы! что вообще как! и если бы это были 30-е наверное я не знаю тебя б может уже не было в живых и не знаю и может быть и меня и наших друзей…

           так странно что ты вышла
           и ты говоришь что ты-
           то там сидела в тепле и в
           спокойствии а мы здесь
           нервничали и переживали
           а ты переживала за нас…

Вяртаемся дадому, а там яшчэ столькі ж людзей – у мяне на дні народзінаў ніколі не было столькі гасцей. Стол такі падрыхтаваны, узрушаны настрой, я штосьці расказваю. Кормяць мяне, таму што мне не лезе нічога, я не разумею, што адбываецца, але расказваю, расказваю шумна, смяёмся.

весь мир другим казался как компьютерная графика все эти цвета природа ну не верилось и вообще как материализация знаешь ты не ты как в какой-то игре…

твои истории и горящие глаза. мы обнялись еще чуть-чуть посидели ну мне показалось что ты устала я решила что было бы довольно-таки этично если бы все потихоньку стали сваливать начну с себя хотя бы…

чацвер, 17 верасня

> Калі ўсе разышліся, я спраўдзіла дзве свае мары: доўга мылася пад цёплай вадой і паклалася спаць у свой ложак, у цішыні і ў цемры. І да раніцы чытала паведамленні, якія мне дасылалі ўсе дзевяць дзён па ўсіх магчымых каналах.

██████, я вельмі табой захапляюся!! Уяўляю, як ты ўпэўнена і годна глядзела ў вочы тым падонкам, што заляпілі табе 9 сутак! Ты сапраўдная гераіня!!! Вельмі за цябе перажываў, як і тысячы беларусаў!!! Вельмі радуюся бачыць твае фоты на волі!!!

██████, дорогая, все experiences, которые с тобой происходят, don't and can't break you! Не перестаю удивляться, какая ты сильная. Люблю тебя.

Я не зламлюся, пакуль побач мае людзі.

я помню я приехала домой и была восхищена тем какие у тебя крутые друзья и какая крутая ты...

я горжусь твоими друзьями. увидев их потом всех насколько дружны молодцы поддерживаете друг друга это очень важно в жизни когда есть такие люди рядом...

Glad that you are ok, my thoughts have been with you and the other brave people in Belarus. You will win in the end.

чацвер, 17 верасня

skazi korotko. kak ty
spravilas s poslednimi
dnami? bylo ne
sliskom strasno?

эпілог

эпілог

я ведала што ты б хацела гэта пісаць...

І я пісала...
Каб зразумець свой досвед. Свой асабісты – і сябе як частку калектыўнага досведу.

8-га верасня 2020 года мяне затрымалі на маршы ў падтрымку Марыі Калеснікавай ды іншых зняволеных актывістак, некалькі з якіх у тыя дні затрымалі практычна адначасова. Марыя Калеснікава – кіраўніца выбарчага штаба Віктара Бабарыкі. 7-га верасня яе выкралі ў цэнтры Мінска і гвалтоўна прывезлі на беларуска-ўкраінскую мяжу для дэпартацыі. Аднак Марыя парвала свой пашпарт на памежным пераходзе. 8-га верасня было анансавана некалькі акцый у падтрымку Марыі, самай масавай з іх стаў марш. Падчас разгону было затрымана больш за сто чалавек, сярод якіх было шмат жанчын.

Мне прысудзілі дзевяць сутак адміністратыўнага арышту. У нашай свядомасці гэты вечар застаўся як пераломны – пасля яго на ўсіх жаночых акцыях нас сталі затрымліваць масава.

У турму ▬▬▬, суседка і паплечніца, перадала мне нататнік, і я вяла дзённік. Ён даваўся мне цяжка, але я прымушала сябе занатоўваць хоць штосьці. Хаця б сухія назіранні і факты. Заняткі. Дэталі. Думкі. Рабіла засечкі. Гэта быў мой спосаб знайсці сэнс у тым, што адбывалася. «Ты паэтка, пісьменніца, – думала я, – ты ўсё адно тут, да таго ж гэта ўнікальны досвед: вось ты бачыш гэтае месца, пра якое столькі чула, знутры, і ты мусіш пра гэта напісаць».

Спачатку я меркавала, што гэта будзе тоненькая кніжка пра мой уласны досвед, але паўгода не магла нават адкрыць і перачытаць нататкі. У дзень, калі агучылі прысуд Кацярыне Андрэевай і Дар'і Чульцовай, я зразумела, што, пакуль я на волі, то не маю права маўчаць і мушу распавесці гэтую гісторыю. Але я не магла распавесці яе сама, гэта было б няправільна; да таго ж мне неставала слоў, псіхіка адмаўлялася весці мяне глыбей. Тады ж я чытала «У вайны не жаночае аблічча» Святланы Алексіевіч. І я стала збіраць галасы.

Тыя падзеі цяпер здаюцца нам зусім не страшным досведам, у параўнанні з пачаткам жніўня 2020-га і пазнейшымі рэпрэсіямі ды катаваннямі. Але гэтая кніга павінна застацца як сведчанне перажытага намі – несправядлівасці і салідарнасці.

Таксама гэтая кніга – мой спосаб выказаць удзячнасць тым людзям, з якімі мы разам прайшлі праз гэты досвед, не толькі ў тыя суткі, але цягам доўгіх месяцаў супраціву. Людзям, якія паказалі мне, што такое годнасць, смеласць, падтрымка, паказалі на ўласным прыкладзе, без флёру рамантызму і пафасу, якія існавалі ў маім уяўленні ад прачытаных кніг пра герояў.

Я дапісала першы варыянт чарнавіка ў чэрвені 2021 года, але гэта быў вельмі сыры тэкст, у ім было шмат недагаворанага, і штосьці не працавала. Я ведала, што не дагаварыла менавіта я. Я абыходзіла сваю персанажку, амаль пазбаўляючы яе голас важнасці. Спатрэбілася яшчэ амаль паўгода, каб зразумець, што не дазваляла мне адкрыцца. Справа ў тым, што, калі я выйшла пасля дзевяці сутак, мне здавалася, што ўва мне бачылі нейкую гераіню. Якой я не была. Я атрымала каласальную падтрымку, якая, я лічыла, была несувымернай з тым маленькім актам грамадзянскага супраціву. Велізарная колькасць людзей прайшлі (і дагэтуль праходзяць) значна больш цяжкія выпрабаванні – я параўноўвала сябе з імі і не магла дазволіць сабе прыняць, што мой досвед не быў лёгкім. Я лічыла, што не мела права паказваць слабасць.

эпілог

Паказваць, што я не была вельмі моцным чалавекам, не была самым шчодрым чалавекам, не была прыкладам вынаходлівасці, мудрасці ці годнасці, за якія я так паважаю людзей. Я была простым смяротным чалавекам, які не хацеў быць у турме. І гэта было няпроста.

У верасні 2021-га я паехала вучыцца ў Лондан і напісала п'есу, у якой асэнсоўвала і турэмны досвед. Збіраючы матэрыял для п'есы, я натрапіла на турэмны дзённік суфражысткі Кэці Глідан, якая ў 1912-м адбывала пакаранне ў турме Холаўэй. Яна пісала пра маладую дзяўчыну, якая апынулася ў турме і білася ў камеры, бы птушка. І як шкада было Кэці, якая ведала, на што ідзе, тую маленькую небараку. Праз два гады пасля свайго вызвалення мы рабілі чытку п'есы ў Лондане і я пачула цытату пра гэтую дзяўчыну збоку. Я зразумела, што я таксама была маленькай напужанай істотай. І ўпершыню дазволіла сабе ёй быць. Тады я адчула палёгку.

Пастфактум можна абясцэньваць свой досвед. Але я рабіла тое, што было адзіна правільным. Падобна, што гэта быў тэст маіх каштоўнасцей, а таксама тэст на сталасць: дзесьці ўнутры сябе я прыняла рашэнне, і ў момант экзістэнцыяльнай сітуацыі выбару я зрабіла выбар, той, за які мне не было сорамна перад сабой. Выбар ірацыянальны.

Нешта падобнае распавядалі іншыя дзяўчаты. Адна кінулася за сваім хлопцам, а потым, па факце, не разумела, навошта зрабіла так, бо яна б больш карысці прынесла на волі. Яшчэ адна бегла з супрацьлеглага боку дарогі, каб ратаваць нас. Нават не дабегла — у аўтазаку апынулася раней. Супакоіўшыся, яна не разумела, што здарылася, бо па жыцці вельмі рацыянальны чалавек.

Гэтая кніга – спроба захаваць у гісторыі той пераломны перыяд.
Гэтая кніга – спроба зразумець і прыняць сябе.
Гэтая кніга – даніна павагі ўсім, хто былі побач.

Усім, хто былі побач.

www.ingramcontent.com/pod-product-compliance
Lightning Source LLC
Chambersburg PA
CBHW050208130526
44590CB00043B/3081